青春論

亀井勝一郎

角川文庫
18683

目次

第一章　青春を生きる心

青春とははじめて秘密を持つ日

人間は一生の間に、幾たびも生れ変らねばならぬものである。母の胎から生れた日を、第一の誕生日とするならば、青春は第二の誕生日と言ってよい。自己についての意識がめざめ、「自我」がはじめて生れるわけで、青春の悩みとは、要するにこの誕生のための陣痛に他ならない。子供は人生の意味について問うことはない。しかし青春期に達すると、愛とは何か、死とは何か、自己の未来はどうあるべきか、神の有無等々様々の問いが浮んでくる。大切なことは、これらすべての問いの悉《ことごと》くが難問です ぐ回答が出てこないということだ。そして解き難い問いを発するところにこそ精神とよばれるものの核心が形成されるということである。不可解なものが我々を育てる。

吾胸の底のここには
言いがたき秘密《ひめごと》住めり
身をあげて活《い》ける牲《にえ》とは

君ならで誰かしらまし

これは島崎藤村《しまざきとうそん》の詩の一節だが、青春とは、はじめて秘密（秘めごと）を持つ日だと言ってもよい。必ずしも恋愛のみに限らない。さきに述べたような、人生に関する様々の問いが、すでに秘めごとなのである。何故なら、それまで両親や師や知人から導かれるままに歩んで来たのが、この問いを境として、今度は自ら道を求めて行かなくてはならない。自己の未来、自己の生き方については、いかなる名著にもかいてない、両親も師も無力である。自分で一歩一歩を生きてみなければならない。生きることが一つ一つ回答になるような、そういう冒険の裡《うち》にあって、人間は孤独になる。孤独とは秘めごとにおいて孤独だということだ。

考えるということ、独りもの思いにふけるということ、これが青春の大きな徴候である。自分の家に在《あ》っても、机の前にぼんやりとして、何かしら漠然たる不安に襲われることがある。或《あるい》は胸とどろかすような夢に憑《つ》かれることもある。そういう時期には、自分の家が家とは思われず、また両親に対しても、何となく空々しくなるものだ、精神が独立してきた証拠だ。家と家族からの分離が始ってきたのである。

青春時代には、誰しも家を桎梏《しっこく》*と感じ、両親をうるさく思う時期があるものだ。家出は、青春に特有の現象である。実際には家出しなくても、机の前にぼんやりして、考えごとを始めるということ自身が、すでに内的な家出なのである。それは精神の本質的な作用である。家族から分離し、独立して、精神ははじめて精神となる。精神にとって家族とは悲劇的存在なのだ。それは危機をはらむ結合体である。精神は精神であるために、いつかは家を破る。「秘めごと」をもつこと、即ち破った証拠ではなかろうか。

「我地にて平和を投ぜんために来れりと思うな。平和にあらず、反《かえ》って剣を投ぜんために来れり。それ我が来れるは、人をその父より、娘をその母より、嫁をその姑《しゅうとめ》より分たん為なり。人の仇は、その家の者なるべし。我よりも父または母を愛する者は、我にふさわしからず。我よりも息子または娘を愛する者は、我にふさわしからず。又おのが十字架をとりて我に従わぬ者は、我にふさわしからず。生命を得る者は、これを失い、我がために生命を失う者はこれを得べし」

マタイ伝第十章の耶蘇《ヤソ》*の言葉である。私はクリスチャンではないが、この言葉を、精神とよばるるものの最高の要請としてみてきた。ここにかかれた「我」の代りに「精神」をおいてみよう。「おのが十字架」を、自分の背負った秘めごとと考えてみよう。「身をあげて活ける牲とは」即ち己《おの》が十字架のことである。まるで家出を煽動《せんどう》している言葉だ。「人の仇は、その家の者」なのだ。むろん耶蘇は家族を破壊しようとしているのでない。家族の因襲とエゴイズムを捨てて、神のもとに結合せる第二の神聖家族を求めているのである。しかしそこへ導くために、この激しい言葉は必至なのである。宗教問題だけではない、すべての事において、青春時代にかかる声を聞いたものは幸いである。

青春は様々の可能性をふくむ混沌《こんとん》のいのちである。何になるかわからない。何かに成れそうだという気がする。様々の夢を抱き、ロマンチックになるのは誰にも共通した点だ。しかし青春の夢は、想像妊娠で終ることが多い。空想的に或《あ》るものに成りうると思い、想像の中で自分を英雄化したり女主人公化したりして、結局そのままで終ることが多い。青春の夢は大切だが、夢を少しでも実現させるためには、どれだけの努力と苦痛が必要か、不幸にして若者は知らない。青春の不幸がそこにある。

たとえば手近な例として、読書を考えてみよう。読書というと、いかにも地味だがこの地味なことが、青春を養う実は最も大きな糧《かて》なのである。読書というと、いかにも地味だが内的着実さを欠く点にある。むろん欲求は多いだろうし、享楽を求め、遊ぶことが面白いのは当然だが、地道に一つの本を精読し、一年も二年も時間をかけて、心ゆくまで厳しく探求する習慣をもつことが何より大切である。厳しさの欠如、これが後になって致命傷となる。気分としての青春に陶酔するのは危険だ。

「懲らされてこその教育」という言葉があるが、精神の上に大きな重荷を与えられ障《しょう》害物《がいぶつ》を設けられて、懲らされることが必要なのだ。読書でもよい、芸事でもよい、一日に一時間ずつでいいから自己を厳格に教育する時間をもたなければならない。障害物がなかったら、自分で設けることだ。第一流の著書をめがけて突進するのもよい。スポーツにおいて、障害物が肉体の訓練になるように、精神においても障害物は必要である。大きければ大きいほどよい。

あるゆる意味で、苦労を避けて通ろうというのは卑怯《ひきょう》なことだ。青春は甘やかさるべきものではない。自分で自分を甘やかしてはならない。自由とは峻烈《しゅんれつ》なものだ。さきの耶蘇の言葉のごとく激しいものだ。精神が独立するために、障害のない平坦《へいたん》な道などある筈《はず》はない。この点で、敗戦後の青春のおかれた道を私は憂うる。精神に対しては、どれほどストイックであってもいい。甘やかされた青春、それを恥じよ。むろん時代苦や生活苦は誰しも感じているであろうが、それを時代のせいにして、自分の責任をまぬかれようとする態度も私は卑怯だと思う。時代と環境のわるいのは事実だ。しかし我々は時代と環境の奴隷ではない筈だ。悪い環境こそ、乗り越えねばならぬ障害物で、実はいい環境だと感じる勇気を、私は青春にほしい。苦労のため、いじけてはいけない。自己を卑下してはいけない。苦労を光栄として厳しく自己を鍛えることが大事だと思う。

青春時代に最も大切なのは、友情と恋愛であろう。人間は唯《ただ》ひとり生きるものではない。自己にめざめ、道を求むるのも、すべて先師や同時代人のたすけに由《よ》る。良き読書、良き師はむろん大切だが、共に学び共に遊ぶものとして友人の影響は実に大きい。この意味での邂逅《かいこう》こそ人生の一大事である。友情とは、共に道を求むるもの同志が、互に求めあぐんで、その悩める心をうちあけあう、そういう心と心との結合を謂《い》うのである。そうでない単なる遊び友達もあるが、真の友情とはこの結合である。滅多に得られぬものかもしれないが、青春は必ずかかる友情を夢みている。それは青春の中の一番正しい欲求だ。

青春時代の友情の中には、恋愛感情が多分にふくまれ、恋愛の中には、友情感が多分にふくまれているものだ。恋愛が感覚的な性的な戯れでないかぎり、そこには求道の心が必ずある筈だ。友情によって支《ささ》えられた恋愛を、私は恋愛の最高型態だと思っている。人間であるかぎり、人間としての様々の欲望はむろん避けられないが、その中枢を貫くものとして、友情感がほしい。青春の恋愛は全人格的なものでなければならない。という意味は、我いかに生くべきかという、真剣な問いにおいて為《な》されねばならぬものだということだ。そういう場合は、或は稀《まれ》かもしれないが、たといプラトニック・ラブでもいい、片思いでもいい。世の所謂《いわゆる》幸福な映画的恋愛よりは、片思いや失恋の方がよほど大切である。

人間にはみな、言うに言われぬ思いというものがあるのだ。深い感動は、真理の探求にあっても、恋愛にあっても、言葉を失わしめる。沈黙の苦悩を迫る。言うに言われぬ思いという、この沈黙を知らない青春は見こみがないと言っていい。現代の人はおおむね饒舌《じょうぜつ》である。いかなる秘めごとでも、わめき散らす傾向がある。秘めごとはもう秘めごとでなくなる。こうして恋愛も思想も俗化してしまう。乃至《ないし》は頭だけ、感覚の上だけ発達して、精神をおき忘れてしまう。我々が表現しようとしても、どう言っていいかわからぬ、どうしても表現したい深い思いというものがある。つまり精神という、「秘めごと」を、大切に育てなければならぬ。これは青春の第一の義務だ。

口唇《くちびる》に言葉ありとも
このこころ何か写さむ
ただ熱き胸より胸の
琴にこそ伝うべきなれ

さきの「吾胸の底のここには」という詩の結句である。深い思いのとき、口もとまで言葉は出てくるが、さて心を残りなく写すことなど不可能だと知る。古来、文学というものは、すべて、この不可能の上に成立したものである。それは沈黙に発して、沈黙の創造に終るものなのだ。青春時代に、沈黙せざるをえないほどの大きな感動が、その人の一生を決定するのではあるまいか。

人生の目的とは何か——ある女性への手紙

人生の目的とは何か、——あなたのこういう御質問をうけて、私はいま一つの答えをここに掲げてみようと思います。人生の目的は、快楽を追うことにある、というのです。この答えに対して、多分あなたは、心になかば肯《うなず》きながら、一方では、何か反発するものをお感じになるかもしれません。何故なら、快楽という言葉は、現在では、或る種の俗悪なものや、不節制や、生活の頽廃《たいはい》にむすびつけて考えられ易《やす》いからです。むろん私も、そういう傾向は否定いたしません。しかし快楽を、もっとひろい意味で、たとえば人生の幸福という本質的な問題にむすびつけて考えてみてはどうでしょう。つまり快楽という言葉を、その本来の健《すこ》やかさ明るさにおいて復活させようというのが私の願いなのです。

我々は、何かしらおずおずと、或《ある》いはひどく空想的に、幸福を考えているのではないでしょうか。すばらしい幸福、すべてを忘れさすような悦《よろこ》び、それをあこがれはしますが、暗い世の中に慣れると、つい心も小さくなって、へんに深刻なものを探求したり、ことさら不幸に思い沈んだりして、自分で自分の心を歪《ゆが》めてしまう場合が多い。絶望とか、ニヒルとか、そんな言葉が流行しております。人生には我々を絶望へ導くような事実の多いのはたしかですが、しかし人間は、絶望するためには、それだけ高く希望しなければならぬ筈です。だが、我々は果して、絶望するほど多くの努力を払っているでしょうか、自分を実験台として、雄々《おお》しくこの乱世を生きぬく勇気を必要とします。無気力が絶望の代名詞であってはならない。無気力からくる快楽の追求、これが快楽を堕落さす根本の原因だということを思って下さい。

快楽には様々の段階があります。考えること、読書すること、美術を見ること、こうした知的な美的な快楽から、所謂《いわゆる》娯楽、スポーツ乃至は賭博《とばく》とか飲酒とか、みつ豆をたべることに到るまでの、様々の快楽があります。そして一人間は、自分自身のうちに、このすべてを保有しております。私は前者を無条件に高尚なもの、後者をつまらぬものという風には考えません。何故なら、人間はごくつまらぬものによっても心を慰められる場合が多いからです。前者には苦痛や努力が伴い、後者にはそれから解放されたような気晴しが伴います。気晴しも、人間にとっては不可避のものです。ただ我々は気晴しだけを快楽むしろ享楽とよんでいるのですが、それは不当だ。快楽の範囲はかぎりなく広いということを申したいのであります。

文明の進歩とは、或《あ》る意味で、快楽の進歩と言っていいかもしれません。現代は実に多くの快楽を創造しました。しかし快楽の質が、妙に変化したことにお気づきになりませんか。現代人の、快楽を追うすがた、その特徴といったものを、お考えになったことはありませんか。私にとって、これは非常に大切なテーマなのです。どんな快楽でもよい、それを求めるときの自分をよく凝視してごらんなさい。その中に現代人の性格と言ったものが、実によくあらわれていて、これは快楽どころではない、むしろ病気かしらと、慄然《りつぜん》とすることがあるのです。

私は第一に、濫用ということを挙げたいと思います。快楽は刺激を求めます。最初に面白かったものは、次にはもう不満となる。この最もいい例はレビュー*であります。最初は厚着して踊る踊子に満足していた観客も、やがて彼自身の眼で、その衣を一枚一枚はいで行く。そして裸体まで辿《たど》りついて、それでも満足しないというところまでまいりました。これは美的追求の進展なのでしょうか。それとも性的刺激の追求なのでしょうか。言うまでもなく、刺激は刺激をよぶ最も端的な例であります。性はこの点で最も敏感なものであり、男は彼自身の感情を濫用《らんよう》し、女性はそれに応ずるように仕向けられて行くというわけです。そしてしまいには中毒症状を起し、舞踊美というその本来の意味を忘れてしまう。これは舞台の上だけの話ではありません。ここに生ずる快楽の質についてお考えになってごらんなさい。単にレビューだけでなく、恋愛においても言葉においても、思索においてすら、同様の現象が起っているということ。節度の喪失は、現代人の一大特徴であります。

第二に、急速度化ということを挙げたいと思います。すべてがそうであるように、快楽においてもスピードが尊ばれています。普通「高尚」と思われている知的な美的な行為を考えてみましょう。たとえば小説を読む場合、一行一句の味、一つの言葉にこもる陰翳《いんえい》、余情、そういったものを注意ぶかくかみしめて行く人がどれだけあるでしょうか。急いで筋を辿る、読むというよりは飛び読みするといった方が多いかもしれません。舞踊でも生花《いけばな》でも何んでも、早わかりの時代です。早くて、面白く、これが現代人のモットーであり、小説も映画も、それに答えようとしています。むろん頭が悪かったり、下手《へた》なためにのろのろしているのは困りますが、もし急速度化ということが、精神の上すべりを意味するとしたならばどうでしょう。濫用は必ず速度を要求します。そしてどんな慎重な言葉も、全部スローガン風の破片となって我々の心にとびこんできます。こうして現代は、あらゆる言葉がインフレーションを起しました。快楽も同様で、そのほんとうの味を知らず、全部まるのみしているような現象を感じます。つまり不消化の快楽を。

第三に、好奇心の多様化ということを挙げたいと思います。快楽は好奇心にむすびついています。好奇心そのものは大切な要素なのですが、それが或る一つのものに持続的に集中せず、分散してしまうという現象にお気づきになりませんか。小説、絵画、映画、スポーツ、ダンス等々おそらくあなたの中にも多様な欲望があるでしょう。それは結構ですが、同時に、何んでも少しずつは知っているが、深い確かなことは何ひとつ知らぬという不安に脅《おびや》かされることはありませんか。知的な方面に限ってみても、我々の頭脳は、一種の知的デパートのような気がしてなりません。様々の知識が並んでいますが、一つとして取柄《とりえ》がなさそうなのです。そしてただデパートにもみらるるあの喧騒《けんそう》、あの饒舌《じょうぜつ》だけがあるようです。それを文化人とか教養人とか名づけていますが私は恥かしくてたまりません。現代人とは、この意味で注意力のおそろしく消耗した人種らしいのです。

昔に比《くら》べるならば、現代の快楽は実に多様に進歩したと申せましょう。しかも現代人は、それに比例して快楽を失って行くという逆説にお気づきになりませんか。右の三例は、言わば現代精神の病《や》めるすがたなのです。快楽の質の変化とはこのことであります。快楽を追いながら、快楽を失って行く。濫用と速度と散漫によって。そして更に焦《あせ》るというわけであります。現代の快楽には、嘗《かつ》てのいずれの時代よりも、何か悲劇的なものがある。

快楽の追求が人間を頽廃せしむるというよりは、快楽そのものが頽廃しているといった方が適切でありましょう。

出来るだけ労力をはぶいて、出来るだけ楽しく——これが文明の利器の目的のようであります。東海道《とうかいどう》を歩いて行くよりは籠《かご》の方がよく、籠よりは汽車が、汽車よりは自動車が、更に飛行機が、旅としては一層快適で能率的かもしれません。聴覚の方でもラジオがあり、またテレビジョンも発達して、我々は居ながらにして西洋の音楽や芝居を楽しめるようになるでしょう。快楽もこの方向にすすんでいることは申すまでもありません。

しかし私はふと、何か大切な忘れものをしたような気がするのです。東海道をテクテクと歩いて行った昔の旅人が味った快楽。一木一草のもとにも脚を止め、名もない宿に一夜を明かす楽しさ。そうして「旅の心」が深められ、自然についても人情についても、それをゆっくり味わいうるような言わば消化の時間がありました。これはピクニックなどで瞬間的に我々が追う快楽ですが、「旅」というあの快楽においては、もう失われてしまったと思いませんか。私はいたずらに回顧的になっているのではありません。高度の機械文明に支えられた快楽の不消化に、いや気がさしてくるのです。

アメリカ人ですらそうらしい。でなかったら「ターザン」のような映画は製作されなかったでありましょう。

私はまたこんなことも考えます。文明の様々の利器は、たしかに我々の生活を楽に愉快にするように向けられたものにちがいないのですが、それが同時に、戦争においては最も惨酷な殺人の武器ともなるということです。飛行機もラジオもテレビジョンも、我々を快楽の方へ導くとともに、死の方へも導く。我々が楽しんでいる機械を、同時に我々は恐れています。ことによると、我々を楽しませる一切《いっさい》は、我々の死因となるものではないか、そんな気がするのです。人間はどうしても死から離れえないのだという事実を、生の悦《よろこ》びである快楽のうちに見ること、これはどんな時代でも賢人の心がけたところのように思われます。私は快楽のうちに、ふとその奈落《ならく》を見るのです。

ようやく私の言いたいところへ辿《たど》りついたようです。どんな快楽でも、もしそれが真に快楽の名にあたいするものならば、必ず努力と苦痛を伴う。幸福もまたそうだという人生の原則であります。たとえばスポーツのような娯《たの》しみでさえ同じです。野球の楽しみは、それを見物する人間よりも、それをやる人間の方が多くもつのは当然です。ところが選手ともなれば、練習の苦痛は地獄かもしれません。連日が努力です。

それだけに彼らの味わう楽しみも大きいと言えましょう。つまり快楽は、それを見物する側よりも、為《な》す側において大きい。小説好きが自分でも小説家になろうと思ったり、舞踊好きが、自分でも踊ってみたいと思うのは、「好き」の当然の帰結でありま す。そして一旦《いったん》そうするや否や、直ちに努力の苦しみに遭《あ》うわけです。すべて受身の快楽は、二流の快楽と言えましょう。努力なしに面白く——、これが精神の衰弱の徴候なのです。

この事実を、端的に示すのは恋愛であります。私はまじめな意味で言うのですが、恋愛こそ人生至上の快楽でありましょう。そして恋愛ほど苦痛と努力のいるものはありません。もし何の障害もなく、実に易々《やすやす》と、手軽に恋愛出来たとしたならば、それはそれだけ悦びを減ずるばかりでなく、人生の深さを知ることも少いのではないかと思われます。情熱が発酵しないわけです。精神がめざめないのです。

私は屢々《しばしば》申しましたが、恋愛とは二人の間にだけ組織される秘密結社であります。人目を忍んで恋すると言いますが、元来恋愛とは人目を忍んで為すべき行為なのです。衆人環視の中でなすべきことではありません。自由の世の中になったのだから、隠れる必要などないとも言いましょうが、私は「美しさ」のために言うのですが、「美」とは隠れて在るもので、隠れるほどにあらわれるという性質をもっています。そして思うとおりにはならぬものです。もし思うとおりになるなら、恋いこがれることも、恋やつれることも、胸とどろかすこともないでしょう。それは未知の謎であり、冒険であることにおいて快楽なのです。

人生には、いつも適当な障害物が必要です。スポーツでも、障害が大きければ大きいほど肉体の訓練になるように、強い精神は障害を欲します。それをのり超《こ》えるところに、勇気が実証されるからです。封建時代の恋愛の方が、民主時代のいまより稀薄《きはく》であったなどとは言えぬのです。家族制とか肉親の圧迫が強ければ強いほど、更に反抗して恋はもえ上ったことでしょう。そういうときに味う恋の快楽を想像してごらんなさい。すぐれた恋愛小説の大部分は、東西の別なく障害をおいています。思うままにならぬ、これが重要なのです。

私が現代の恋愛風俗をみてふしぎに思うのは、まるで思うままになるかのように、観念だけが急速度に先行していることです。性の刺激のつよい映画や小説によって、頭と感覚だけが露骨に発達して、障害による醍醐味《だいごみ》を放棄しているようにみえます。俗悪な恋愛感覚だけを濫用《らんよう》して恋愛そのものはない。つまり恋愛の全人性《ぜんじんせい》が失われた時代なのです。肉体という、これも観念的な刺激があるのみです。私がさきに述べた現代人の性格が、そのままここにあてはまると思います。手軽に、早く、面白く、恋愛しようというわけです。冷却もまた速《すみや》かに来るでしょう。

しかし快楽に悲哀はつきものです。どんな快楽があっても、人間を永遠に喜ばせておくわけにはいかない。何故なら、人間は死ぬものだ、この運命によってそれは限定されているからであり、同時に快楽を求めてやまない心も、同じ根拠から起るわけであります。快楽と死と。これは双生児なのです。もし死を忘れる、或《あるい》は死を超えるほどの快楽があったならば……。古来の哲理は、みなこの点に集中されていたと言っていいほどです。神を求める気持もそこから起りました。この人生をよく知ろうという願いもそこから起りました。宗教は快楽の空《むな》しさを、その無常を説いてきましたが、人間性の中には、たとい空しく無常であろうともそうなら一層これに執着しようという要素も厳存して、この二つは、いつも人間の心中で戦ってきたと言えましょう。そして勝敗のつかない永続的な戦いが、人間の実相と言えましょう。

大切なことは、この実相をみつめることです。快楽の意味をほんとうに知る道は、これ以外にないのではないでしょうか。我々は、快楽と言うと、もう死のことなど忘れますし、死と言うと、もう快楽を否定してみたりします。「死」にとって、快楽は我々を厭世《えんせい》や絶望から救う防禦であり、「快楽」にとって、死はその節度を教える薬味《やくみ》のごときものとも言えるでしょう。人間はみな「死に方」を学ぶために生きているようなものです。悔いなき死。――誰だってひそかにこれを望んでいます。ではどうすればいいか、悔いなき生を望みます。そしてあらゆる意味での快楽を追います。努力や苦痛が大きければ、大きいほどその快楽は高く深いと、さきに申しました。つまり人は無意識ながら、快楽のうちに「死に方」を学んでいることになるのです。

何だか陰気なことを申したようですが、事実なのですから止《や》むをえません。悦ぶときは、何もかも忘れて、思いきり悦ぶのは人間の幸福の刹那《せつな》です。私はそれを讃美《さんび》します。水を差そうなどと思いません。ただ私はその幸福の、永遠性といったことを考えないだけなのです。恋人達は必ず永遠の幸福を夢みるでしょう。また心に誓うでしょう。だがやがてその「永遠の幸福」が恋人達に復讐《ふくしゅう》するのです。広く言って、熱烈な快楽ほど復讐は大きい。

人間がほんとうにためされるのはこの時です。夢みるときは、美しく大胆に夢みるとともに、その夢の破れたときはそれに耐《た》えるだけの人間におなりなさい。私はそんなときに、幽《かす》かな光りのように訪れてくる小さな幸福を、最大の幸福としているものであります。

おとなと青年

日本人ほど「甘い」という言葉をおそれる人種はいないのではないかと思う。「甘い」といわれると、それだけでたいていの人はまいってしまう。おそらく人間共通の弱点なのかもしれない。とくにおとなは、青年に向かって、しばしばこの言葉を、使うし、政治の上で急進的な意見などを述べると、やはりこの言葉でやっつける場合がある。逆に「現実的」という言葉を使うと、それだけで、「現実的」になったような気分がして得意になっている人もある。

現実をよくみないで、ひとりよがりの空想をのべるのは、たしかに甘い。しかし、そのことと理想を語ることを混同して、青年らしい理想主義的精神までふみにじるようになっては、はなはだ危険ではなかろうか。日本の実情はたしかにせち辛《がら》いが、それだけに青年の理想を思い切って語らせるようなふんい気があっていい。今の青年は現実的で、古いおとなの考えているようなものではないというが、そのことで青年を妙に世帯《しょたい》じみたところへ押しやっていいものだろうか。

おとなは青年に向かうとすぐ自分の体験をもち出す。青年は若いのだから、体験もないのだから、という前提でものを言う。そのとおりにちがいないが、そんならおとなの体験とは何か。青年より長く生きたというだけなら意味はない。長く生きたことに対し、省察を加え、自分のやったことの意味を思索し、これを明確な自覚にまで結晶させてこそ体験といえる。漫然とあれこれの経験があるからといってそれを誇るのはまちがいだ。ましてそのことから、新しい生き方を求める青年に対し、抑制を加えるなどは、おとなの傲慢《ごうまん》というものだ。

青年は「甘い」と言われることをおそれてはならない。というのは、へんにおとなびた青年は好ましくないということだ。青年は自分の「若さ」をとかく隠したがるものだ。これは日本のおとなもわるいので「若さ」とか「甘さ」をなんとなく軽視の気持で使うことが多いからだ。そのため青年は無理に背のびして「おとな」ぶろうとつとめる。「若さ」を真《ま》っ向《こう》からふりかざし「甘い」と言われても平気で自分の理想を述べるような気風がほしい。老人じみた青年ほどやりきれないものはないし、青年をそんな風に押しつめるおとなも大いに反省の要がある。

ところで青年をやたらに甘やかすおとなもある。未来は青年のものだ。青年は様々の可能性の所有者だ。大切にしなければならないのは当然だが、もしそこに「きびしさ」が欠けていたならばどうか。これはとくに現代の教育について言えるところだ。民主主義教育が徐々に発達して、昔のように先生が学生生徒に対し、押しつけがましいことを言わなくなったことはいい傾向だ。学生も自主的にいろいろ相談して、先生へ希望をのべ、互いに胸をひらいて語り合ってゆくふんい気が出てきたのはたしかにいい。

しかし教えるということは、厳格な仕事だ。学問では、いかなるごま化しもゆるされないのは当然である。たとえば簡単なこと、国語教育の時間で、誤字やあて字を正すこと、これはあたりまえなのだが、案外ルーズな場合がある。言葉が乱れているのだから、誤字やあて字が多少あっても、意味さえ通ずればいいではないか、などという人がある。果して意味が通じているかどうか。

現代では文学的教育もかなり行われて、昔の教科書に比べると、現代作家の作品も多くのっている。様々な文章に慣れさせ、社会的視野をひろくさせようというその意図は正しいと思うが、文学教育とは、なによりもまず正確な言葉を学ぶことだということが、おろそかにされていないか。誤字に無神経な文学的教育などありえない。そういう基本的な点での「きびしさ」が欠けていはしないか。

それだけではない。青年のごきげんをとるようなおとなもいる。とくに思想問題などになるとことに複雑で、意見のわかれる場合があるのは当然だ。そういうとき、青年と対立すべき点ははっきり対立させて自分の所信を述べ、青年のあやまりを正し、ある場合はしかりつける激しい気迫をもったおとなが近ごろ少なくなったようだ。私は明治の最大のキリスト教徒たる内村鑑三《うちむらかんぞう》をいつも思い出すが、自分の信仰について彼は実に潔癖で非妥協的であった。そのため独善的にみられる事もあったらしいが、ハッキリ自分の信仰を述べ、決して相手におもねらないその態度は、彼の信仰を肯定するにせよ、否定するにせよ、実に気持がよい。

がん迷さは困るが、そうかといって青年に対し八方美人的なおとなは、一層困るではないか。青年は自分を甘やかすようなおとなには警戒した方がよい。私は年をとってからときどき思い出すが、自分の学生時代に、学問とか思想の上で、きびしくしかってくれた先生の方がなつかしい。今からみると、その先生はがん迷であったかもしれないが、その所信に潔癖であった事はやはり清々《すがすが》しい思い出として残るものである。おとなと青年は「きびしさ」を通じて結合しなければならない。以前のような形式的なきびしさではなく、真実においてのきびしさでむすびつくことだ。

時代によって、ものの考え方、感じ方、その他すべてに差異が出てくるのは当然だ。しかし世代の差異は、どの程度に本質的なものなのか。私はいつも疑いをもっている。

現在の五十代と二十代とではたしかに差異はあるが、それなら二十代だけをとりあげてみて、そこに差異はないかと言うと、世代以上に大きな差異がある。だいたい、二十代や十代の一部の風習や突飛な行為だけをとりあげて、それをこの世代の特長だと限定するのは行きすぎではなかろうか。

たとえばマンボが流行すると、それをすぐ世代にむすびつけて考える人もある。「アプレ」*という言葉もそうだ。「アプレ」はたしかに存在するが、そんなら二十代、十代全部がそうかと言うと、決してそうではない。

一方にマンボに熱中する青年男女がいるだろうが、他方にはサークルでの歌声に力をそそいでいる若者も多勢いる。そしてこの差異は世代の差異よりも、もっと本質的なものではないか。

同じことは五十代にも四十代にもいえる。同じ時期に成長しながら、まったく別の道を歩む例はいくらでもある。

私は世代の差異を軽視するのではないが、それは本質的なものではないと言いたいのだ。では本質的なものとは何か。思想の相違、信仰の相違である。青年のすべてが進歩的とはかぎらない。

たとえば再軍備の問題にしても、日本の青年全部が反対かというと、決してそうではない。戦後に育った青年の中には、まじめに日本の軍事力の発達を考えている人もある。明治維新の志士を讃美《さんび》している人もある。国粋主義を奉じている人もある。そこには保守派のおとなの悪影響もあろうが、同じ青年といっても、思想上の相違は必ず生ずるのであり、その相違こそ本質的なものではないかと思うのだ。だから、思想や信仰をひと口にする場合には、人間は世代を越えてむすびつくものである。たとえば五十代のコミュニストと、二十代のコミュニストと、そこに差異はあろうが、同じコミュニストという点では年齢を越えて一致するだろう。信仰の場合もそうだ。

そして真のおとなとは、年をとっても青年の悩むような問題をいつも自己の問題として持ちつづけている人のことである。いわば知的好奇心の衰えないおとなの青春こそ尊い。

おとなと青年のむすびつきとは、本質的には思想や信仰における「青春性」にある。社会や人生の根本問題について、思索をともにすることのうちにある。世代の差異はその次の問題ではないか。

第二章　愛に生きる心

恋愛は失恋と別離を含む

私は時々、どうしてこんなに恋愛が語られるのかふしぎに思うことがある。恋愛と結婚は、幾たびくりかえしても、語りつくせない何ものかを持っているからだろうか。人生が謎《なぞ》であるように謎であり、同時にひどく個性的なものであるから、たといあらゆる恋愛論を読んでも、実行のときはたちまち迷路に入るからであろうか。精密な考えぶかい行為も、恋の占《うらな》いによる行為も、結果としてはいずれがよかったとは言えないかもしれない。

ところで失恋について、私はまずこんな風な定説をたててみたい。あらゆる恋愛は失恋と別離を含むと。たとい恋を得ても、そこになお失恋と別離の危機が、恋の影のように残っているものだと。ちょうど生が死において生であるように……。

これを実感したいならば、恋愛の第一歩であるところの、「片思い」という気持を思い出してみることだ。いきなり出会って、いきなり恋を告白して成就《じょうじゅ》することはまずありえない。最初に味わうのは、ほのかなる思慕、すなわち片思いであろう。ところで片思いの中には、必ず「ためらい」というものがある。自分の思慕を相手に告げようか、どうしようかという「ためらい」である。私はこれを恋愛感情の基本型とみなしてきた。

最後まで告白が出来ず、片思いのままに終るところに失恋のひとつの型がある。つまり臆病《おくびょう》からの失恋である。しかしその「ためらい」は感情を激しくゆり動かし、心のなかに詩を発生させるのではなかろうか。いわば恋愛に対し空想的になるということだが、この空想性のために、恋を得ながらひとり失恋することがある。相愛の間柄というが、そのときの愛の量を何びともはかることは出来ない。一方が大きく深く、他方が小さく浅いかもしれぬ、それでも愛は成り立つが、大きく深い方は、みたされぬままに得恋のうちに失恋を味わうであろう。愛における完全なる一致などありえない。いずれかに「片思い」の思いが残るのではないか。

恋愛は美しい誤解だと私はかいたことがある。社会そのものが誤解の上に成立している。理解したような顔をした誤解の上に……。ただ恋愛だけが理解しようとつとめ、理解しえたと信じ、その信仰のゆえに、美しい誤解として満足を与えるのではなかろうか。ここで信仰というのは、最上の快楽の陶酔を言うのである。

恋愛は、したがって盲目だとも言われる。いつまでも盲目であるものは幸《さいわ》いである。

ところが、パスカルはこれに反対して愛の明晰性《めいせきせい》を唱えた。「精神の明晰はまた情念の明晰をひきおこす。それゆえに明晰にして大いなる精神は熱烈に愛する。またはっきりと彼の愛するものを見る」（『愛の情念に関する説』）まさにそのとおりである。愛するということと、考えるということは同じだ。愛と知性を分離してはならない。知的明晰において相手をよく見なければならない。ところがそういうパスカルは、その明晰さのゆえに失恋した。彼は一生独身で過した。大いなる愛の量は、相手をつつむことによって、はみ出してしまうのかもしれない。あまりに明晰であるところに、恋愛は対象を見出し難いかもしれない。明晰のゆえに、永遠の失恋者というものもある。

ところで、今まで述べたようなことはすべて古風で、現代は失恋のない時代だという説がある。という意味は恋愛もない時代だということである。幾人かの青年男女が、ただひとりを選ぶことなく、集団的に交際し、次々と相手を変え、いわば性愛のスポーツを楽しむようになったらしい。ここには失恋はないというのだ。たしかにそういう現象は一部にあるにちがいない。

それと「ためらい」や「片思い」といった感情も、消滅したか、或《あるい》は減少したかもしれない。男女交際の場がひろくなり、意志表示も容易になったせいかもしれない。

しかし、はたして自由であろうか。「ためらい」や「片思い」の沈黙のないことが自由であろうか。何ごとでも思うままになるのが自由ではあるまい。第一そんなことは不可能だ。むしろ思うままにならぬ状態が、われらに自由を教えるのではなかろうか。そのときの苦悩に沈潜することで、魂の発酵は促されるという意味で、自由人とは、思うままにならぬ状態に処した人間のことではなかろうか。

私はまたこんな疑問ももっている。封建時代よりも現代の方が、恋愛の自由があるか。風俗としてはたしかにある。しかし、抑圧のもとでもえあがる恋の激しさという点から言えば、現代の方が必ずしもより激しいとは言えまい。恋愛には一種の重石《おもし》が必要である。障害が必要である。という意味は、そのとき恋愛は抵抗力となるからである。現代でもそういう障害はたくさんあるはずだ。障害を自覚しない愛ははたして愛でありうるか。

出来るだけ労力を省略して安易に対象を手に入れようというのが現代精神の危機である。それが恋愛にもあらわれているのではないか。失恋がないということは、障害がないということではないか。つまり抵抗力としての恋愛もないということである。たとえば職場で恋愛し、結婚がゆるされない場合がある。恋愛はそこで試練され、試練されることで深まるであろう。抵抗の何ものであるかを知るであろう。失恋或は失恋の危機のない集団恋愛とは恋愛ではなく、性の享楽である。恋愛にはそういう要素のあることを私はみとめるが、それだけのものではあるまい。しかし、恋愛の危機時代が来たのかもしれない。様々な恋愛論が流行し、方法が発達し、娯楽も多様に伴いながら、いわば享楽気分のうちに恋愛消滅の時代が来たのかもしれない。

失恋が人間にとって痛手となるのは、恋愛をただ恋愛とのみみず、そこに人生と幸福を夢みるからである。全人格的なものとして恋愛に対するからだ。古典ギリシャの恋愛の神エロスとは「産《う》む」ものである。子供を産むだけでなく、美や善や真への探求によって精神を「産む」ものとして解されている。これを私は全人格的と呼ぶ。この場合、失恋は得恋よりも大きな役割を果すかもしれない。得恋は喜びであり、失恋は悲しみであるが、悲しみは精神を産むための陣痛のような役割をする。古来の恋愛詩をみると、失恋詩の方に名品が多いのはそのためではなかろうか。或は別離の歌の方に、感動させるものが多いのもそのためではなかろうか。

失恋によって人はしばしば自殺さえする。自己の生の未来に絶望したからだ。つまり自己の全人生を賭《か》けたからである。私は自殺を必ずしも肯定するものではない。なぜならそれは、自分で自分を限定することだからだ。生の未来、生の可能性を否定することだからだ。人間は絶望によって鍛えられるが、自己の生の未来まで否定することで自己を限定してしまう権利はないのではないか。しかし、そうは心得ていても、時と場合によって、どんな道を辿《たど》るかはかり難い。きわめて不安定な状態で人間は生存するものであるからだ。

失恋し絶望した人に向って、これを慰めることは出来ないものである。どんな慰めの言葉も、相手を満足させることは出来まい。下手《へた》をすると、空々しくさえ聞えるかもしれない。人は人を根本から慰めることは出来ないのではないか。失恋は一種の死である。生きた自己の他に、もうひとり自己の死骸があるようなものだ。その死者にとりついて悲しむ人に、どんな慰めの言葉があるだろうか。

失恋した人は、遺族に似ている。彼の死んだ恋は再び帰らない。明確な思い出として心に刻印される。それは生涯に痕跡《こんせき》を残すであろう。ただ私は「自然」を信じたい。「自然治癒《ちゆ》」ということがある。深い傷もいつのまにか消えることがあるように、時間の推移が心の傷を癒《いや》す場合もあろう。しかしまた、廃墟《はいきょ》の礎石《そせき》のようにいつまでも残るかもしれない。失恋の礎石として……。それをめぐることで人は孤独を思い知らされるであろう。

すでに語ったように、恋愛が一様でないように失恋も一様ではない。私は二、三の典型的な場合を例にあげて、そのときに処する気持にもふれてみたい。

その一は、片思いのままに終ったときである。そういう失恋は、年を経るにつれて次第に薄れていくだろうが、青春の時代には、これを機として「もの思う葦《あし》」になることが大切である。片思いの沈黙を持続して、ひとりゆっくりと考え深い人間になるよう、自己を訓練すべきである。臆病はわるいと言われるが、すべて弱点を生かすところに人間形成のひとつの条件がある。臆病そのものがわるいのではなく、臆病であることで無気力になるのがわるいのだ。逆に臆病であることによって考え深い人間になることが大切である。

その二は、うちあけて拒絶されたときである。片思いが或《あ》る頂点に達すると、手紙などでうちあけざるをえなくなる、意志表示はむずかしいもので、思うことの何十分の一も表現出来ない。恋には口ごもりが必ず伴う。雄弁な恋よりも訥弁《とつべん》の恋の方が私には好ましく思われる。しかし拒絶は恋への死刑宣告だ。衝動は大きい。そういうときは、深い眠りか激しい動きによってしか心を鎮めることが出来ないものだ。たとえば登山のような激しい行動と汗とで、肉体を疲労させ、深い眠りによって肉体の方から鎮静させてゆくより他に方法はないのではないか。

その三は、得恋しても結婚出来ず、別れねばならぬこともある。失恋というよりは別離だが、やはり失恋の一種に数えてもよかろう。ここでも嘆きはつきないだろうが、人生には必ず別離のあることを思うべきである。出会は別離の始まりとさえ言われる。別離の情を知ることが人情を知るということだ。少なくともその一番痛切な面にふれるということだ。このとき、人ははじめて「もののあわれ」を知るだろう。人間の心に対して微妙であるように訓練されるだろう。喜びによって養われる感情も尊いが、悲しみによって養われる感情はさらに深い。

結婚は恋愛の連続であるとともに終結である。「結婚は恋愛の墓場だ」と言われる。人はしばしば結婚してから失恋するものである。得恋し結婚するものである。得恋し結婚し、そして失恋するとはどういうことだろうか。それまで互いに気づかなかった様々の弱点に気づくということもある。恋の惰性もある。移り気もある。しかし、そのために一々離婚していたら、人の一生は離婚の一生となるだろう。互いの弱点に気づくとは、互いの人間性に対して開眼させられたということである。弱点や欠陥のない人間はない。もし完全無欠な人間がいたとするなら、そのことがその人間の弱点となる。完全無欠であることによってあきるであろう。

恋愛とは美しい誤解だと言ったが、結婚とは恋愛が美しい誤解であったことへの惨《さん》澹《たん》たる理解である。結婚は恋愛への刑罰である。しかし、すべての人間が受けなければならない刑罰であるから、これに耐えることが必要である。人生にわがままはゆるされないのだから……。そして、互いに弱点の多い人間同士として、恋愛から卒業し、人間として共同するよう心がけるべきである。それがいやなら、一生を独身で送ることだ。その代りその人は、人生に対する失恋者のような立場に置かれるだろう。

愛と孤独

太宰治《だざいおさむ》の作品の中に、『惜別』という長篇があります。お読みになった方もあると思いますが、これは中国の文豪魯迅《ろじん》が、青年時代（日露戦争当時）仙台の医学校に留学していた頃のことを描いたもので、太宰の長篇の中ではあまり有名ではありませんが、最も傑出した作品の一つです。私はいまこの作品についてお話するのでなく、その中に魯迅の感想として、作者の太宰がかいた大へん意味ふかい言葉があるので、まずそれについて話のいとぐちをつけようと思うのです。

「（孔孟《こうもう》）＊の思想の根本は、或《ある》いは仁《じん》と言い、或いは中庸《ちゅうよう》と言い、或いは寛恕《かんじょ》と言い、さまざまの説もありますが、僕は、礼だと思う、札の思想は、微妙なものです。哲学ふうないい方をすれば、愛の発想方法です。人間の生活の苦しみは、愛の表現の困難に尽きるといってよいと思う。この表現のつたなさが、人間の不幸の源泉なのではあるまいか」

むろん作者が魯迅に托《たく》して言った自分の感慨ですが、愛の発想方法がどんなに困難で、そのため人を傷つけ、自分も傷つくことがいかに多いか、静かに反省してみると驚くほどです。この場合の愛とは、恋愛とか友情だけでなく、そのすべてをふくめて、人間と人間との心のふれあいと広く解していいでしょう。人間と人間の心のふれあいは、愛だけでなく憎しみとか嫉妬《しっと》とかもありますが、私達がまず心に望み、また理想とするところは、言うまでもなく愛です。どうかして自分の心を相手に通わせたいと思う切実な願いといってもよい。それがうまくすらすらと通じるといいのですが、これが実に容易でありません。

尤《もっと》も愛の発想方法については、その前提としてこまやかな感受性のことを考える必要があります。粗雑な、無神経な人にとって、表現の困難ということはない。言葉を選ぶということはない。その場その場で、思いついたことを、相手かまわず言ってしまう。相手の心を傷つけようと平気な人があります。率直ということと、粗野ということは決して同一ではない。これを混同してはなりません。

こまやかな感受性をもった人は、ずばりと率直に言っても、必ず相手の気持の中に一度は自分を置いてみるものです。こんな表現をして相手はどう思うだろうか。またふいに口に出して、あとで自分ひとりで、あんなことを言わなければよかったと身悶《みもだ》えすることもあります。またよく考えて、こまやかなつもりで語ったことが、相手に全然通じないこともある。とかく感受性のこまやかな人は、こうした点で一人角力《ひとりずもう》となり、自分で必要以上に苦しむ。文学者とか文学を愛する人は、こうした意味で、感受性の犠牲者だと言ってもいいでしょう。人間が孤独になるということは、或る意味ではこの犠牲者になることだと言っても差支《さしつか》えありますまい。

私はよく例に挙げるのですが、たとえばここに貧しい病める友人がいるとします。私は彼に対して何を為《な》すべきでしょうか。私の彼に対して抱く愛は、どんな表現をとったら最もいいか、それは慰めの言葉、励《はげま》しの言葉を送ればいいと考えるのですが、しかし一方では、それが一体何になるかという疑問も生じます。現に貧しく病める友にとっては、そういう言葉は空《むな》しく聞えるかもしれません。逆に健康な私の優越を示す結果になるかもしれません。人に親切をつくすということは、大へんむずかしいことです。

あわれみとか同情の言葉が、時に空々しくひびくことがあります。私は宗教的な意味での慈善についても疑問を抱きます、慈善を施すことはむろん結構ですが、それで満足するのは相手でなく自分自身だ、自分に或る満足感をもたらすために、慈善をこころみるとしたならばそれは偽善でなかろうか。一つの自己装飾にならないだろうか。そして他方では貧しい人は、いつまでも貧しいままにおかれている。キリストは一切《いっさい》を棄てよと説いています。しかし世の多くの慈善家達は、自分が食うだけのものはちゃんと確保して、そのおのこりを施すのです。余りものを放出するのです。それだって悪いことではありませんが、それを「愛」によって飾るのは悪いことではないでしょうか。「善」と思いこむことはどうでしょうか。

愛は屢々《しばしば》手ごろな装飾品となります。かの貧しい病める友に、私は金銭を贈る。愛情の名において。私はいつも金銭というものが、実にふしぎな役割を果すのに驚くのです。慰めや励しの言葉よりも、お金を贈る方が何よりだ。たしかにそうです。金銭が愛の代用品になる。現代の社会では金銭で愛を売買することが出来る。そして私から金銭を贈られた友人は、友人だから心やすく受けとるとはいうものの、度がかさなると、ついそこに隷属《れいぞく》関係が出てきます。私に対してへり下《くだ》るようになる。逆に私自身はいつのまにか一種の優越感をもつようになってしまうのです。

こんなことを考えると、愛の表現ほど困難なものはないと気づきます。むろん冷淡に眺めているわけにはいかない。さりげなく、実に何んでもない顔をして、隣人に親切をつくすということは、一種の芸術と言ってもいいほど困難だと気づく次第です。或《あ》るフランスの哲人は「善をなす場合には、いつも詫《わ》びながらしなければならない」「善ほど他人を傷つけるものはないのだから」と言いました。愛の表現にもまたこうした気持が必要なのではないでしょうか。だからこまやかな感受性をもった人は、屢々ぶっきらぼうな表現をとることがあります。自分の愛を誇示しないために、むしろ隠すために、なげやりにみせるのです。それは愛の発想方法の根底とならなければならぬ「はにかみ」だと言ってもよいでしょう。ところがそれが通じないで、却《かえっ》て無愛想な不親切な人間だと誤解されることにもなる。太宰が人間の生活の苦しみ、不幸の源泉をここにみたのは、決して誇張ではない。それほど人と人との心は通じ難く、愛は歪《ゆが》められやすいのです。

人間の愛の微妙に深まるとき、それは多くの場合、ことに青春時代においては恋愛であると思います。おそらく皆さんは、この言葉を倦《あ》きるほど聞き、また漠然と夢みているでしょうが、人間の表現力がためされるのはまさにこの時です。私達は深い思いを抱くことは出来ても、それをどんな風にあらわしていいか言葉につまる。言葉を失うということが恋愛の始りと言ってもいいでしょう。拙劣な、或はがさつな言葉は、愛する人間を傷つけるということについて、極度に敏感になるものです。言うに言われぬ思いという沈黙こそ至上だと気づきますが、沈黙に堪えるということはまた頗《すこぶ》る困難です。

ところが沈黙の人間を、沈黙のままに育ててくれるものがある。それが芸術です。

愛するもの同士が、その愛を沈黙のまま成長せしむる最上の方法は、造型芸術か音楽に接することです。私はかなり以前、ゲーテの伊太利《イタリー》紀行を読んでいて、この世界的な古典の地を恋人とともに歩むにもまして幸福なことがあろうかといった意味の言葉に接しました。一流の美術品は愛しあう二人の心に、別々の感動をよび起すかもしれません。しかし二人で眺めているということが、愛によってこの二つの感動を一つに融合させる。そして愛を沈黙のまま深める。美の養いが愛の養いとなるというわけです。音楽の場合もそうだ。逢引《あいびき》の最上の場所は、美術館と音楽会であります。

ところで、こうして養われたものは、具体的にはどんなかたちであらわれるか、愛の発想方法の根底として、私ははにかみを挙げましたが、そこから当然生ずるのは、ニュアンスへの敏感さということです。人間と人間は、ただ語られた言葉そのものだけでつきあっているのではなく、その言葉や音声や表情につきまとうその人個有のニュアンスによって左右されがちなものです。同じ「愛」という言葉を使っても、使う人によって様々の翳《かげ》が出てくる。これに敏感であることこそ大切です。私達日本人には悪いくせがあって、すぐ人間を分類化し、或る型にはめたり、主義にはめこんで、アッサリ片づけてしまいます。人間として、これほど淋《さび》しいことはありますまい。それは一種の裁断です。生きながら裁断されるということ、これが人間に深い孤独感をもたらす。悲しむべきことだが、私達の社会生活集団生活は裁断の生活になりやすい。人間は人間群にかこまれたまま孤独になります。

人間への愛、それはニュアンスへの愛だと言っても過言《かごん》でないでしょう。ニュアンスに対して鈍感であるために、どれだけ私達は不幸になり孤独になり、人をも傷つけているか、現代のような激しい政治的時代には、真先に、このニュアンスが消滅してしまいます。すべて全体主義とは、ニュアンスの抹殺だと言ってもいいでしょう。平和という言葉さえ、敵と味方にハッキリ二つに分けられてしまって、敵か味方かという甚《はなは》だ反平和的な争いとなってあらわれてくる。平和を望む心、それは人さまざまのニュアンスへの愛だと言っていいでしょう。お互にもっと相手の心にたちいって、正確にその心を知ろうとする。そういう慎重さを今ほど必要とすることはありますまい。あたりまえのことですが、こんなところから私達は努力を始めて行かなければならない状態です。

文学とか宗教とか哲学、このすべてを含めて、最高の境地とは何か。私はそれを「微妙心」という言葉であらわしてきました。私は同じことを、こまやかな感受性とかニュアンスへの愛とかはにかみとか言ってくりかえしてきたのですが、東洋風に言うと「微妙心」です。デリケートな心のことです。それは様々の文学や宗教にあらわれていますが、たとえばヨハネ伝第八章におけるキリストに、私は常にその最高のすがたを見てきました。

罪を犯した女に向って、キリストはいかなる断罪の言葉も発しません。身を屈《かが》め、指で地に何やらものを書いているだけです。断罪を迫る人達に向って、彼は、「汝《なんじ》らの中、罪なき者まず石を擲《なげう》て」と言います。人々は心に省みて一人去り二人去り、最後にその女とキリストだけが残りますが、彼は女に向って「われも汝を罪せじ、往け、この後ふたたび罪を犯すな」とただそれだけを言います。私はここに微妙心というものの絶頂をみるのです。宗教的深さの極致とは、罪について之《これ》を責めもせず、断罪もせず、しかも罪は罪として深く無言の裡《うち》に感じさせるその博大な愛であります。われも汝を罪せずと言ったところに、罪の大いさ、言わばそれが万人の心に内在していることを示すとともに、その内的な自覚をよび起しているわけです。しかも沈黙によってです。愛情とはそういうものだと思います。その愛情を一番敏感に覚ったのは、罪を犯したかの女であったことは当然でありましょう。語られた言葉の背後に、語られざる言葉を推察する能力、これは苦悩が人間にもたらす宝であります。

私はあまりに最高の例を挙げたかもしれません。しかし私達平凡な人間にも、それに対する憧《あこが》れはある。同時にこうした憧れをもちつづけることは、激しい抵抗でもあることを忘れてはなりますまい。何故なら私達の周囲には、絶えずニュアンスを抹殺するもの、粗暴な裁断、露骨な自己誇示、雑な感覚がみちみちているからです。それと戦うことが日常において必要であり、かかる戦いにおいて人間は深い孤独を味わうに至るのですが、これは愛の発想において繊細な人のおちいる運命と言っていいでしょう。

孤独を恐れるな、愛の深さはそれによって保たれるのだから。

愛を生む怒り

怒りを悪徳のように考えている人がある。宗教や倫理の本を読んでも「怒るなかれ」と教えているが、しかし真の怒りというものがあるはずだ。怒りとは本来、倫理的なものであるはずだ。現代はそれを見失っているのではないかと思うことがしばしばある。一体、ほんとうの怒りとは何か。それについて考える前に、私は怒りがなぜ悪徳とされるかについても一言しておきたい。いうまでもなく個人的な嫉妬心《しっとしん》や野心から発して、相手の失脚をねらったり傷つけたりするとき、怒りはたしかに悪徳である。たいていの場合、それは突発的な激情となってあらわれ、盲目的行為に出ることが多い。

ところで真の怒りとは、何よりもまず社会的な正義感から発したものでなければならないと思う。盲目的行為を導き出すのでなく、逆に明晰《めいせき》な理性的ふるまいをよび起すものでなければならない。一時の激情とはまったく反対の、冷静に持続する探求心を伴い、相手の正体を正確にみようとする強い意思でなければならない。怒りのこうしたあらわれを、われわれは忘れているのではなかろうか。

さまざまな人生論を読むと、つねに「愛」が語られている。恋愛、友愛、師弟愛、父母への愛、同士愛――すべて大切なものであり、それは永続するほどに一層清められるものである。愛のない人生は砂漠《さばく》のようなものだ。しかし愛だけでいいだろうか。いや愛そのものの性格を、もっと厳密に考えてみる必要がありはしないか。愛の反対は憎しみである。怒りはしばしば憎しみと混同されるし、また憎しみを含みやすいものだが、しかし怒りには、それとはまた別個の性質があるはずである。

たとえば先生と学生の関係にあてはめて考えてみよう。師弟愛の尊いことはいうまでもないが、この場合の愛とは、いうまでもなく真理探求のためのきびしさである。学生を甘やかすことでも、先生に甘えることでもない。真実のためには、少しの遠慮もない厳格さこそ、そのときの愛を保証するものではないか。もしそれが欠けていたり、あるいは愛の名において真実がゆがめられるような場合、そこにこそ怒りが発せられなければならない。不正なものに対して率直に怒ってこそ愛だといえるであろう。

ところが、ここにたいへんむずかしい問題が起る。私は戦前の教育を思い出すのだが、形式だけのきびしさ、あるいは修身教科書ふうの型にはまった生硬さを、純粋な

「怒り」と思い違うことがある。「愛のムチ」などと称して、やたらに怒ってみせる人がある。いついかなるとき、何に対して「怒る」か。不安定な人間性にむすびついているだけに、これはたいへんむずかしい。

生徒に体罰を科して問題を起す先生が最近しばしばある。生徒をなぐるのがよくないことは、いうまでもない。暴力は禁物《きんもつ》である。教壇の上での激しい労働のため、神経がいらだっているとき、突発的な怒りに襲われることがあるにちがいない。小学校などでも、まったく手のつけられない悪童がいる。

暴力ざたはいけないが、しかし傍観しているわけにもいかない。とくにおとなと青年のあいだで、どうしても意見が分れたり、論争が起ったりしたとき、どうしたらいいか。世代の差ということがしばしば言われる。おとなと青年とではたしかに時代感覚も風習もちがう。しかし、お互いに真実だと思っていることについて、相手はまだ若いからという理由で、相手が間違っているにもかかわらず、おとながもしそれを大目にみているとしたら、それはかえって青年を侮辱したことにならぬだろうか。人間の判断はいくつになってもまちがいやすいものだが、批判は率直にすべきである。怒るべき時に怒りを押えることは悪徳だと私は思う。怒りの喪失を自由主義だなどと錯覚してはならない。

人間は信念を失ったとき怒りを失うものだ。同時に信念を売りものにし、それを押しつけるために、やたらに怒ってみせる人間もいる。どちらも危険である。怒りの純粋性とは一体、何か。私が現代に失われているというのは、この純粋性である。考えてみると、現代には怒らねばならぬことがたくさんある。今度の国会をふりかえっても腹の立つことばかりである。保守党に対しても、革新党に対しても、さまざまの非難が起った。新聞にも雑誌にも批判の声はたくさんあらわれたが、私の心配なのは、それがほんとうの怒りにまで純化されるかどうか、一時の感情で終らないかどうかということである。

私は自分で批評を書いていてつくづく思うのだが、私自身、他人をののしったり非難するとき、一体どれだけ純粋な怒りを心に抱いているか。批評は個人を傷つけることを目的とするものではない。例えば一つの作品の悪口を言うときでもそれを通して日本の文学が少しでも豊かに前進することを願う気持が根底になければならぬはずだ。論争のときだってそうである。相手をおとしいれるのではなく提出された問題を、いかに解決するか、そのために互いに論じ合う事で広い読者に奉仕する気持がなければならないはずだ。

ところが論争など始めると、ついこれを忘れやすい。個人的な中傷や悪口を言うこと自体に興味を覚えることがしばしばある。またそれを喜ぶ読者もいる。批評はその根本に怒りがなければならないのだが、いつのまにか怒りは失われて批評のための批評という、いわば批評商売になりさがることがよくある。代議士の行動を罵倒《ばとう》するのはやさしい。いかにも怒りを投げつけているようにみえる。それでいて、私は何かそれが一時のおざなりのようにみえてならないことがある。

というのは、現代に独特のあの「忘れっぽさ」に、知らず知らずのうちにおちいっている点である。国会の乱闘はいまに始まったことではない。過去にもいくたびかあった。そのたびごとに非難し戒め合ったりしながら一、二年もたつとたちまち忘れてしまう。また汚職事件に関係した代議士でも、しばらくすると平気で立候補して、当選することもある。それだけではない。どんな事件でも、ある年月がたつと、その多くは忘れられてしまう。人間としてやむをえないかもしれないが、私の恐れるのは、そのために既成事実として承認されてしまうことだ。

たとえば破防法のとき大反対しながら、そういう法律の存在を忘れていることがある。今度の教育法案も多くの反対にもかかわらず通過した。いったん通過すると、けろりと忘れて、次の議会にさらに反対をつづけようという情熱を失いやすい。この次の選挙こそしっかりしなくてはならぬと思いつつ、さて選挙がくると、立候補者の過去の業績を思い出す人は少ない。こうした「忘れっぽさ」の上に政治は展開しているのではないか。

そこで私は「怒り」の純粋性という言葉を使いたいのである。さきにも述べたように、それを冷静で持続的な追及力に転化させてゆくことである。怒りを、こうしたかたちで貫く事はむろん容易ではない。しかしすべて社会的正義感に発した政治的改革は、こうして実行されるものではなかろうか。すぐれた政治論とか革命理論というものは、すべて怒りの持続的エネルギーに転化されたものだと思う。

怒りはその性格からいって突発的なものである。激情にちがいない。しかし消え失せない怒りがなければならぬ。私はそれを現代の倫理と呼びたいのである。「忘れっぽさ」とは一種の現代的奴隷《どれい》状態ではあるまいか。

日本人は短気だとよく言われる。政治運動だけでなく、スポーツのときでさえ、一時の勝敗にあまりに神経質になり、すぐ「決死の覚悟」などと言い出すが、死ぬ覚悟などと絶対に口にすべきではない。大切なのは永続する覚悟だ。地道な訓練だ。私は怒りもまたそうあらねばならないと思う。怒りが深く激しいほど、われわれは厳密に正確に対象をみる訓練を自分に課さなければならない。根本にあるのはさきに述べた「正義」である。真の怒りのあらわれていい時である。

人間愛を育てる集り

立会演説、公聴会、討論会、座談会、こういった集りが戦後はなはだ盛んになった。私たちは慣れてしまって、かくべつ珍しくも思わないが、お互いにますます育ててゆかなければならない、これは大切な民主主義的方法である。戦前も戦時中も、こんなことは少なかった。たとえあっても、一方的な意見しかきかれなかった。今は自由に発言できて、各人各説、混乱しているようにみえるが、この混乱こそ大切で、その中で各人が少しでも思ったとおりのことを述べ、静かに検討する習慣を養ってゆかなければならない。独裁者の号令など二度と復活させてはならない。

そこでまず必要なのは聴衆のエチケットである。小さな集りなどは別だが、たとえば政党の立会演説会など、討論形式をとると、たちまち大騒ぎになる。小選挙区の是非について、最近各地の大都市で、自民党と社会党の立会演説が行われたが、あの、ものすごいヤジはどうしたことだろう。大阪では一部の聴衆が壇上を占領し、警官まで出動したそうだ。これでは代議士の国会乱闘を笑うことはできない。

自民党も社会党もまだ合同しない以前、私は日比谷公会堂で鳩山一郎《はとやまいちろう》、緒方竹虎《おがたたけとら》、河上丈太郎《かわかみじょうたろう》、鈴木茂三郎《すずきもさぶろう》の四氏*の立会演説会をきいたことがある。このときも相当のヤジが出たが、同時に「静かに聞け」とどなる声が猛烈に起って、それがまた演説をききとれなくするような役割を果しているのを、こっけいに思ったことがある。

もっとこっけいだったのは、鳩山ファンらしいひとりの聴衆が、鳩山をヤジった緒方ファンらしいもうひとりの聴衆に向かって「共産党だまれ！」と叫んだことである。今度は聴衆どうしのケンカになったが、私はこっけいに思うとともに、考えさせられた。

私たち日本人は、興奮してくると、極限の言葉をろうしやすいという事である。当然かもしれないが、そこに見さかいなど全然なく、自分の気にくわぬ相手なら「赤」とか「バカ」とかそんな言葉をいきなり投げつける。大衆的になればなるほど、だれでもそうなりやすいだろうが、私たちはもう少し自分を訓練しなくてはならない。議論の是非はともあれ、静かに聞くべきは聞いて判断するだけの余裕がほしい。

私はヤジをすべて否定しない。機知とユーモアのあるヤジは、聴衆の一種の批評精神の現われだと思っている。罵声《ばせい》よりも大笑いさせるヤジがほしい。むろん、むずかしいことだ。

ところで今は、青年や主婦の集りが多くなって、座談会での討論もなかなか盛んになった。結びつきのための楽しい集りであり、一種の知的娯楽といっていいかもしれない。立会演説などとちがって、ヤジは出ないが、しかし冷静に討論することは実にむずかしい。

経験のある人ならだれでも知っているだろう。たとえば読書サークルを例にとっても、ほんのちょっとしたことでも、議論をしだすと、たちまち混乱してしまう。あるいは、わけがわからなくなってしまう。思想問題とか、人生や文学に関係したことになると、話が微妙なので、手の施しようのないほど、もつれてしまう。私自身、座談会で議論してみて、いつも痛感するのは、自分たちの使っている言葉が、どんなにアイマイかということである。

たとえば「自由」とか「思想」という言葉を平気で使っているが、それなら「自由とは何か」「思想とは何か」ときびしく検討すると、たちまちこんがらかってきて、各人がそれぞれちがったイメージやニュアンスをもっていることがわかる。

五人の人間がいると、五人とも同じ言葉を使っているようで実はたいへん、くいちがっていることがある。各人の生活とか教養とか、ものの感じ方とかによって、みな言葉の使い方がちがう。当然のことだが、議論が始まると、そんな差別に神経質になっていることが出来なくなる。つい大声を出して断定的なことを言った方が、勝ったようにみえるものだ。

講演会のあとなどで、私は聴衆の質問をうけることがあるが、これもまた苦手《にがて》だ。というのは、初対面の人に、いきなり難問題を出されて、的確に答えることなど不可能だからだ、しかもこの不可能をあえて侵さなければならない。私は無理して答えながら、自分はインチキをやっているなと痛感する。さもなければ一種の演技ではないか。公衆の面前で行われる討論とは演技ではないか。真理からはますます遠ざかってゆくような寂しさを感ずるのである。

職場のサークルや学校の集会で、たまたま討論して、議論に負けたといって、たいへんくやしがっている青年に出会うことがある。私は彼に心から同感する。一体、討論して、勝ったとか負けたとかいうのがおかしい。何が勝で、何が負けか、私は批評家という職業上、議論して相手をやりこめる方法を考えることがある。その方法は簡単で、息をもつかせず理屈をつぎつぎと述べて、しかも大声を出せば、勝ったような錯覚を抱くことができるのである。いわばスポーツである。言葉の投げあいである。

そのときは面白いが、考えてみるとむなしいことだ。問題が複雑なほど、議論で決着などつけられないのは当然である。いったいどこに困難があるのか、困難な点を少しでもはっきりさせただけで大成功なのだ。次ぎの機会にまたゆっくり考えるといいわけである。

それと、問題が複雑なほど、その場でいきなり発言できないものだ。言葉に困ってしまう。心の中で、もやもやしていたり、あれこれとこまやかに考えていると、容易にものがいえなくなるものだ。ところが討論していると、いやでも何か言わなければならない羽目におちいることがある。つい口をすべらして、とんでもないことをいったり、まずい言葉がとび出して、心にもない誤解をうけたり、さんざんな目にあうものだ。私はどんな座談会に出席しても、あとで必ずへんな気恥ずかしさを感ずる、つまらんことを得々と述べたという、後味のわるさを感じないことはまずない。

ところで議論に負けたといって、くやしがっている青年のことだが、私はすべて、議論に負けた人の味方である。そういう人は、家へ帰ってから、いっそうくやしがって、実はあのときああいうべきであったとか、自分の本心はこうなのだが、なぜあのとき、それをうまく表現できなかったかとか、くよくよ考えて、要するに自分など口べたで、討論などする柄ではないと、たいへんしょげてしまう。

そして机に向かって、ペンをとって、何やら自分の不満を書きはじめる。ひとりで、ペンでかいてみると、議論したときよりは、少しまとまってきて、やっと自分のいいたいことが、わかったような気になるものだ。

私はそういう青年を好む。内気といえば内気だし、なぜもっと大胆にみんなの前で発言する勇気をもたないかと、責めることもできよう。しかし私がこうした青年の味方になるのは、議論に「負けた」ことで、言葉がどんなに微妙で不自由なものか、身にしみて感ずるであろうからだ。議論に「負け」討論の悲しみを味わったところから実は「文学」が生れるのである。

討論は楽しいものだ、討論しながら仲よくなるのは、社会生活をゆたかにしてゆく上で大切なことだ。しかし私の言いたいのは、討論の楽しさは、私がいま述べたような、口べたの悲しみを味わうことで裏づけられていなければならないということだ。そこにはじめて「思いやり」ということが出てくる。

つまり、うまく表現できないで、もぐもぐしている人の心を察して、お互いにいたわりあうということだ。それが人間愛である。さまざまの集りでの討論が、そういう人間愛を育てるように。

第三章　理想を求める心

現実の奴隷になってはならない

憲法改正の是非は、いまでもくりかえし論議されている。読者のなかには「またか」と思う人もあろうが、近いうちには、いよいよそれが現実の問題としてあらわれるかもしれない。改正のためには、各議院の総議員の三分の二以上の賛成があって、さらに国民投票の過半数を得なければならない。もし総選挙があれば、国民は今度こそ態度の決定を迫られる。それだけに、さらに念をいれて考えてみる必要があると思う。

その前に一言しておきたいのだが、憲法論議がこれほど盛んなのに、憲法そのものを読んでいる人は、いったい国民の何パーセントあるかということである。とくに青年諸君に聞きたい。全文をていねいに読んだことがあるかどうか。全然読まないで改正の是非を論じてもはじまらないのである。

この点で私の感心したことをひとつ書いておきたい。一九五四年亡くなったピアニストのクロイツァー教授*は晩年、日本の婦人と結婚して、まったく日本に土着し、日本の土に葬られた人だが、彼はある日本人に向かって「あなたは憲法を何回読みましたか」と質問したことがあるそうだ。質問された人は読んでいなかったので、むろん赤面した。そういうクロイツァーは、それまで二回読んで、そのときは三回目を読みつつあったそうで、これは実にいい憲法だと語ったそうだ。

私は教授の死後、この話を朝日新聞でよみ、大へん感心して、そのことをまた別の新聞に書いたことがある。私が感心したのは、クロイツァー教授はドイツ人であるにもかかわらず、いよいよ日本に住みつくと決した以上、その国の憲法をよく味わっておこうというその態度である。つまり自分の住む国に対する責任感である。ところでわれわれ日本人は、果してこうした責任感を憲法に対してもっているかどうか。

アメリカから与えられたのだから、ありがたくないと思っている人もあろう。自発的につくった憲法ではないから、冷淡な点もあろう。しかし、一度はこれを承認したのである。われわれは無条件降伏した国民である。つらいことではあっても、その上で承認した憲法については、やはり責任をもたなければならぬ。それは敗戦の責任を負う事でもある。みんなで、もう一度熟読してみようではないか。

今よみかえしてみると、現憲法は極めて理想主義的で、かつ倫理的であることがわかる。つまり侵略戦争の罪悪性をきびしく戒めるように出来ているという意味で倫理的なのだ。平和と自由と生活の繁栄と国際信義を強調している点で理想主義的なのだ。とくに第九条では戦争放棄が規定してあって、この憲法を守ることで「国際社会において名誉ある地位を占めたい」と記されてある。たしかにアメリカから与えられたものにはちがいないが、戦敗国としてのこれは誓約であった。世界に対する新生日本の誓いであったことを忘れてはなるまい。

日本が独立国となった以上、敗戦当時、一方的に押しつけられた憲法を改正するのは当然だという議論もむろん成り立つ。日本が名実ともに独立国なら、独自の憲法をわれわれ日本人の手で作る事に私は賛成である。

しかし今の憲法改正論の底には、実にいかがわしい事情が介在している。だれでも知っていることだ。つまり現憲法は事実上無視されてきたことである。第九条に「陸海空軍その他の戦力は、これを保持しない」とあるにもかかわらず、事実上の戦力は存在し、しかもそれをすすめたのはアメリカである。

敗戦当時、日本に誓約させた憲法を、みずから破壊したのはアメリカ当局である。もしアメリカが憲法を尊重していたならば、今日の再軍備などありえなかったろう。こうした事情の根底には、米ソの対立という国際情勢の大きな変化がある。これは現実だ。ただ日本人としては、最小限度次のように質問していいのではないか。国際情勢の変化によって、軽々しく侵略戦争への倫理的戒めを変更していいのか。それが国際信義であるかと。私はアメリカ人に何の偏見も憎悪も不信も持っていなかった。ところが、逆にアメリカ当局が、われわれ日本人に偏見や憎悪や不信を抱かせるように仕むけてきたのではないか。基地問題にしても、水爆の実験（この点はソ連も同じだ）にしても、アメリカから離反させるような方向をたどってきたとしか思われない。

憲法の違反は、第九条だけではない。基本的人権の問題にしても、言論、集会、結社、表現の自由の問題にしても、検閲廃止のことでも、果してそれが正当に守られているか。ときどき新聞にも出るが、警察官による思想調査とか、暴行ザタとか、その他、目立たないところで憲法違反が行われているのは事実である。

むろん法律の数は多いから、自分でも知らずに犯している場合もあろう。しかし時勢の変化に応じて、徐々に意識的に憲法違反を犯し、しかもそれを既定の事実のようにしてしまう場合がある。軍備などその最たるものであった。

そうだとすれば、今度の憲法改正については、次のような疑念がわく。憲法違反を合理化するための憲法改正（ほんとうは改悪）でないかと。さまざまの既成事実の上にそれが行われはしないか。私のおそれるのはこの点である。

第九条の訂正はむろん中心点だ。軍備が公然と是認され、それが増大するにつれて、当然、徴兵問題が出てくる。青年諸君にとって、もっとも切実な問題である。私は現在の軍備を、原水爆戦の前には完全に無力なものであり、貧国日本の負担を増すだけのものだと思っているが、これを徐々に土木衛生部隊に転換し、日本国土の開発保全や、国際的な赤十字活動の方へむけることができないものか。

世界一の赤十字部隊をつくり、他国の天災に対しても直ちに出動するというかたちで国連に協力する事ができないものか、私はこの方向が一番妥当だと思っている。むろん一片の夢物語として笑われるだろうが、そんなら現在の軍備増大は夢物語ではないのか、戦前、世界に誇った日本の大海軍も陸軍も一片の夢物語であったことを、われわれは十年前に思い知らされたばかりではないか。

再軍備については、むろんアメリカ当局の強い要求がある。その点ではだれが政権をとってもむずかしいのは事実だ。日本独力で解決できない点もある。かりに米ソが戦争回避に全力をつくし、相互に不可侵条約でも締結された場合を考えてみよう。さらに拡大して、資本主義国と共産主義国との間に、戦争手段だけは一切避けようという条約が成立した場合を予想してみよう。そのときこそ、日本の独立も確保される日ではないか。アメリカも日本基地を不要とするだろう。

国際情勢がこんな風に改善される日がいつくるかわからないが、そういう日こそ、日本人の一番望んでいる日であることはまちがいあるまい。少なくとも、東洋に関しては、中国とアメリカ、日本、インドなどが相互に不可侵を誓ったとき、今よりはましな平和が到来するだろう。そういう日のために、日本人のすべて、とくに青年はくりかえしくりかえし、それを世界に訴える義務がある。

もし憲法改正が問題になるなら、そういう日の到来したときだ。そのときこそ、日本人の手で日本の平和憲法をつくりあげるべきだ。現在の状態での改正は、さきに述べたように危険である。国際的にいえば、米ソの対立と戦争の危機への準備としての改正である。いかなる第三国の干渉も政治的影響もない状態のもとで、改正すべきで、その日まで待つのが上策であろう。

近いうちにありうるかもしれぬ憲法改正は、日本の理想と日本の倫理のために危険である。「現実的」という言葉をよく使うが「現実的」という名目で「現実」の奴隷になってはならない。

いまの日本の状態をみると、どんな人でも心配せずにおれないだろう。いつになったら名実ともに独立国となれるか。沖縄の問題を考えても、また今度アメリカが大規模に新兵器を援助するという報道をみても、日本はますます極東の基地として、束縛されてゆくように思われる。国内の政争も一層はげしくなるだろう。

こんなとき、青年諸君は一体何を考えるべきであるか。考えることが多すぎるとは思うが、日本はこういう国であってほしいというユートピアを、もっと語りあうべきではなかろうか。むろんどんな国でも、一挙に「理想国」とはならないし「理想国」とは何かということも問題だ。それにこういうことを語ると、すぐそんなことは夢物語にすぎない。青年の感傷だと嘲笑《ちょうしょう》する人が出てくる。たしかに、現実はきびしいにちがいないが、それにしても、もっと夢が語られていいのではないか。たとえば近ごろの小説や映画をみても私はそう思う。性風俗の露骨な描写とか、戦記ものとか、まげものが流行しているが、日本を舞台とした「理想国」――ユートピアを描こうという作家など絶無である。たとえ夢のようなつくり話でも、日本がこういう国になったら、みな楽しく暮せるだろうといった物語が、一編ぐらいあらわれてもいいのではないか。

外国にはさまざまなユートピア物語がある。人間社会に関する空想物語もある。空想的社会主義*者という名称さえあるほどだ。

そういう伝統がつみかさなった上に、科学的社会主義*が生れたのである。ところが日本では、明治以後そうした伝統はほとんどない。

いきなりマルクス主義が入ってきたが、私はもっとユートピアがあらわれていいのではないかと思っている。それを語ることで、その次に、実際にはどうしたらいいかを考えるようになるのではなかろうか。

さまざまなユートピア物語が出てほしいと思う。最近では科学上の空想物語が出はじめた。宇宙旅行記などもあらわれはじめたが、肝心の地上の方はお留守である。

地上の「理想国」を文学者はもっと描いてほしいし、青年諸君も各自それを夢みていいのではなかろうか。現実はむろん大切だが、現実的ということで、夢を失ってはなるまい。うちひしがれたり、あきらめてはなるまい。

敗戦まもなく、日本は東洋のスイスにならなければならぬと言われた。またある人はフランスをモデルにせよと言った。また別の人はソヴエトに学べと言った。アメリカを模範の国であるように考えた人もあった。

どんな国でも、その国のいい点を学ぼうとすることは大切である。しかし私はここで一つの疑問を抱く。それは、われわれ日本人は、いつでも理想のモデルを外国にのみ求めるのではないかということである。明治以来のこれは特長といっていいかもしれない。

ヨーロッパに比べると、日本は、いつまでたっても後進国だ。イギリスを、フランスを、ドイツを学ばなければならないと、明治以来あくせくとしてそのあとを追いかけてきた。ある点でそれは正当であったが、しかし自分の国を理想に近づけるために、モデルを西洋にだけ求めて果していいだろうか。その反面、われわれは長いあいだ中国やインドを軽視してきた。

また西洋崇拝に反発して、日本は日本だけで理想国とならなければならないとがん張ると、今度は国粋主義におちいって、モデルを古代に求め、極端な復古派が出たりする。この点、実にむずかしいが、日本の現状に即しつつ、どうしたら「理想国」ができあがるか。

科学的な調査のもとに国土開発をはじめ、国民生活の安定のための目標を確立してゆく必要がある。多くの学者や専門家の協力を得なければできないことだが、同時に青年諸君はそれぞれの夢を語っていいのではないか。少なくともそういう気風がもっと盛んになってほしいと私は思う。島国日本にふさわしい理想生活、未来生活の設計が、もっとあらわれていいのではないか。

たとえば理想の政治家とは、どんな政治家か、まずそこから考えてみてもいいではないか。政治家も人間だから、私は何も聖人君子《せいじんくんし》たれとのぞまない。さまざまの欠点のあることは人間として当然である。しかし第一の心得としては、自分は政治家としては不適当ではあるまいかと、謙虚に自分のことを考えている、そういう人こそ理想の政治家の資格をもつといっていいのではなかろうか。

選挙のときなども、自分で名のりをあげず、多くの人からさんざん頼まれて、やむをえず立候補するといった人がのぞましい。「おれが」「おれが」といって、自己宣伝する政治家が多すぎる。その逆の人が出てほしい。現在の状況では、そういう人は無能とみなされやすい。掛引とか腹芸が上手でないと政治家といわれない。そういう習慣がある。こうした通念をまず破壊することだ。そのためには青年諸君の理想精神に期待する以外にないと私は思う。つまり政治家の概念を一変してしまうことだ。

次に政治家は、何らかの意味でよき専門家であってほしい。農夫でも教師でも医師でも機械工でもいい。それぞれの職場で十分訓練を積んだ人、そういう経験のある人を私はのぞむ。専門家は時には視野が狭いかもしれない。しかし職場での苦しみを味わった人は、必ず働く人の心をのみこんでいるにちがいない。その上に立って、ひろい政治的視野をもつことがのぞましい。

政治屋と称して、平生《へいぜい》はこれといった職業もなく、たとえ職業があっても熱心でなく、ただ金と名声があるために、ひとつ代議士にでもなってやろうかという人が一番困るのである。参議院など、私はすべて職能代表*でいいと思っている。政党色を一切いれないという風にしたい。現実の参議院は政党化してゆく一方だが、多くの人々は、私のいったような職能代表制を希望しているのではなかろうか。そして政党を越えて、ほんとうに日本のためになることを考える、それぞれの専門的知識をもちよって仲よく相談する。そうあってほしいものだ。

政治のための政治が一番困るのである。政治は国民に奉仕するための技術である。支配するための術策ではない。この根本はハッキリさせておきたいものである。

現代ではどんな国の政治でも、その国だけでは成立しない。国際関係によって左右される。世界はこの点では一つとなっている。どんな地域に争いが起っても、それはたちまち国際問題になる。こんな時代に一国だけで「理想国」の夢をみてもムダかもしれない。しかし各国には各国固有の道も残されているはずだ。ネールとかチトーとか毛沢東《もうたくとう》*といった人々は自国の固有性にむすびついた新しい道を開拓しようとして戦ってきた人々である。個性のはっきりした政治家だ。チトーなどは、一時はすべての共産主義者から「裏切者」扱いされた。共産国から一斉にボイコットされ、敵視されてきた。ところが今ではソヴエトも全く見なおして仲よくしようとしている。ソヴエトに盲従せず、むしろそのためにソヴエトに考えなおさせたチトーの意思力を私は尊いと思う。

世界中のいずれの国とも平和な関係を保たなければならないのは当然である。その平和の道を、日本は日本なりに考えて行っていい。ソ連一辺倒でもなくアメリカ一辺倒でもない、日本的方式があるはずだ。今はアメリカの圧力がつよいので、むずかしいとは思うが、この困難の中で、独立の意思をつよく保ってゆく必要がある。「理想国」それは遠い夢かもしれないが、その種子はわれわれの心の中にあるのだ。それは抵抗の原動力でもあろう。若い人は、理想をのびのびと語ってほしい。文学や映画にもそれを求めようではないか。

軽信の時代と精神の健康――「常識ある狂人」から脱けだそう

最近は新しい薬がつぎつぎと発見され、治療方法も進歩して、以前なら命とりとなるような病気も、おそろしくなくなった。人間の寿命も、やがて平均百歳ぐらいまでのびるだろうといわれる。昔は人生五十年といったものだが、人生百年が普通となる時代が来るかもしれない。

ところで私は考えるのだが、人間がみな長生きして、さてどうなるのだろうか。人生に退屈しはしないか。えん世自殺がふえはしないか。そんなことを思うのだが、それよりも心配なのは人間の精神状態がどのように変形されるかということである。肉体の健康を保つ方法は発達するが精神の健康を保つ方法が逆に衰えていっては大変である。中身のからっぽなボディー・ビル青年だけがふえたところで仕方がない。私は最近になって「精神衛生学」といったものが、もっともっと進歩しなければならないと思うようになった。新薬や新治療方法の発達に比例して、精神の方が衰弱してゆく条件が、今日ほどそろっている時代はないように思うからだ。健全な精神は健全な肉体に宿るというが、実はその逆で、健全な肉体は健全な精神に宿るものである。古代ギリシャ人がその典型ではなかったろうか。肉体だけがウマのように丈夫になったからといって、精神まで丈夫になるとはかぎらない。新薬のおかげで、みな百歳まで生きて、さて「バカにつける薬はないか」とさがしまわるような時代がこないとはかぎるまい。

長生きはむろん結構だ。しかし精神のみずみずしさを失っては、なんにもならぬ。私が精神衛生学などを考えるのは、現代の精神衰弱が心配だからである。自分では自覚せずに、精神病にかかっている場合もあろう。自覚症状を伴わない精神病患者が、これからますますふえていくような気がしてならない。

現代は軽信の時代だ。たとえばごく簡単な言葉、というよりは「レッテル」を人にはりつけて、その人を割りきってしまう場合がよくある。日本は全体主義的な傾向をたどるときは、必ずある種のレッテルが社会にハンランする。戦時中は「国賊」という言葉ひとつで人をおとしいれることが出来た。今は「赤」という言葉で人をきめつけてしまう傾向が多い。地方などでは、これが絶大の威力をもっている。同様に見さかいなく人を「反動」ときめつけるのも困りものだ。

このことは今までもくりかえし指摘されてきたが、人間についても、事件についてもも、即断の傾向がますます強くなってゆくのが最近の特長といっていいだろう。ひとつにはマス・コミュニケーションの欠陥にもよるが、きわめて複雑なことをも、簡単に割りきり、ちょうど豆辞典の一項目のように圧縮されて、そういうかたちで普及する。またそのかたちに慣れてしまって、自分では納得したつもりでいる。これほど伝達機関が発達したのに、人間どうしの理解力は一層にぶくなってゆくようである。国と国とのあいだでは、なおさらかもしれない。

私が精神衛生などという言葉を使ったのは、この軽信への抵抗力を養ってほしいからだ。勤労する青年男女のあいだにサークル活動が盛んになりつつあるが、まずあらゆる意味での軽信への抵抗から始めてほしい。人間判断や事件判断において、十分の時間をかけ、疑わしいところはあくまで疑って心から納得してゆけるようなふんい気を、青年のあいだからつくりあげてほしい。

現代は好奇心が病的に頽廃しつつある時代だ。青年の特長は盛んな知的好奇心をもっている点にある。これはおとなになっても同様、一生失ってはならないものだ。ところが、その好奇心があらぬ方向にゆがめられつつある。たとえばカメラの流行だ。私はカメラの流行自体をわるいとは思わない。金はかかるが、娯楽としても上等の方だと思っている。私がいけないと思うのは、写していいものと、写してならないものとのけじめがなく、なんでも珍しいもの、異常なものでさえあれば、見さかいなく写す、その無礼な感覚である。

たとえば全く見知らぬ人間のアベック姿を木の陰からこっそり写して喜んでいる青年がいるが、これは基本的人権の侵害である。私はいつもくりかえすが、惨事のときの惨死体写真、あるいは惨事のもつスリルをとらえようとして、冷酷な傍観者と化すことの危険ほど大きいものはない。自分に関係さえなければ、どんな悲劇へでもカメラをむける、人の悲しみなど眼中にない。こうした傾向を、私は好奇心の病的頽廃とよびたい。こうして頽廃の中において考えれば、カメラとは危険きわまる道具である。しろうとカメラマンが増大して、いつでも人間の秘密や惨事をねらうような時代が来たらどうであるか。現代の特長は、すべてが乱用されるということだ。節度の喪失である。節度の喪失とは、あきらかに精神病の状態である。

現代はブームの時代だ。人間でも書物でも、ちょっと人気が出ると、たちまち何々ブームと名づけられる。戦後とくにいちじるしいのは、ベストセラーズの発表方法で、一週間ごとに「今週のベストセラーズ」として発表される。連続何週間のベストセラーといった広告もある。そしてこれに「ブーム」という名が与えられる。

一冊の本が「何週間」単位の生命しか与えられないというのは、なんというなさけないことだろう。商業主義のもたらした悲劇である。連続二十年も三十年も読みつづけられる本もあるが、そういう本はめだたない。そして現在では、ブーム形式によって、かなりの人が左右されているらしい。私は戦後の特長として、これを投機性と呼んでみたこともある。商業だけではない。敗戦国民の不安定な生活感情のあらわれではなかろうか。

「当るか、当らないか」という心理から出てくることで、それが「ブーム」という一つの形式を生んだといってよかろう。流行病はいつの時代にもあったが、極端な「ブーム」形式となったのは最近である。ブーム・ブームである。青年はこれに抵抗してほしい。およそ「ブーム」と名のつくもの「ベストセラー」と名のつくものは、敬遠した方がいい。一、二年たって、一般にもてはやされなくなったころ、しずかにその実質を検討してみることだ。

現代は非常識が常識とみなされている時代だ。たとえば入社試験や入学試験のとき「常識試験」と称するものがある。ニュースとか人名とか、その他東西古今の歴史や事件から、勝手にいろいろなものを抜きだしてきて、答えさせる方法である。ときどき珍答案が出たといって新聞ダネなどになるが、一体あれこれの知識を断片的に知っているのが常織というものだろうか。

私のおそれるのは、こういう方法で、正確さへの意思や学問欲が破壊されることである。こうした試験を課する会社を私は残酷だと思う。これはおとなの青年に対する最悪の冒瀆《ぼうとく》行為ではなかろうか。青年への侮辱ではなかろうか。常識とはすべて、ものごとに対する正確さへの意思を宿したものでなければならない。青年はこうした「おとなの世界」へ抵抗する必要がある。さもなければ「常識ある狂人」となってしまうだろう。

精神衛生学とはむずかしいことではない。われわれが日常おちこみやすいこれらの危険に対し、絶えず注意ぶかく用心していることだ。精神の健康は、不健康きわまる状態のただ中にあって自分も危険にさらされながら、それと格闘し、克服しようとする意思力によって保たれる。

第四章　モラルを求める心

モラルの探求

すべて言葉というものは、熟してくるとともに、形式化し俗化し易いものである。モラルという言葉を、辞書でしらべてみると、道徳と訳してある。道徳で結構ではないか。しかし道徳と聞いただけで、何か古めかしい形式化した感じをうけて、「モラル」の新鮮味には及ばぬように思うらしい。言うまでもなく外国文学の影響もあるが、一番肝心なことは、長いあいだの既成道徳が崩壊して、我々は全体として未《いま》だそれに代るべき新しい道徳をもっていないということだ。明治以後の混迷裡《こんめいり》に、内的革命が幾たびか試みられつつ、未だその成果をあげていない。そして極めて曖昧《あいまい》に、時には軽薄な口調でモラルという言葉が濫用《らんよう》されているのである。むろん固定的定義は不可能である。それは人生の探求、人間の研究にむすびついた作家の生き方であり、また作品における実践の問題でもある。この複雑多岐《ふくざつたき》な内容をふくめて、私は道徳＝モラルを考えたい。

嘗《かつ》ては儒教道徳《じゅきょうどうとく》というものが、厳然と存在していた。それはその当初において、たしかに新鮮な、人生に処す覚悟を根底づける思想であった筈《はず》だ。明治維新から後の五十年間ほどに生育した人物は、何らかの形でその影響下にあったといってよい。更に影響は無意識裡に今日の我々にも及んでいるであろう。政治能力としてあらわれた面からみれば、官僚性の思想的母胎でもあったが、他方あの厳しい精神の陶冶《とうや》方法《ほうほう》は、明治の精神能力を形成する有力な要素であった。儒教道徳を肯定する、否定するに拘《かかわ》らず、それは念頭におかねばならぬ権威であり、精神はここに己《おのれ》を実験し練磨する思想的地盤を有していたのである。十九世紀日本の思想家も文人も、何らかの意味でこの点での戦いを試みざるをえなかったし、その戦いの裡《うち》に逆影響をうけるような場合も少なからずあった。

たとえば内村鑑三《うちむらかんぞう》は、明治にあって、キリスト教精神を唱えた第一人者であったが、彼のキリスト教は根底において深く儒教的である。彼みずから武士的キリスト教と名のったように。むろんこれは儒教とキリスト教との思想的妥協をはかったのでなく、むしろ旧道徳に対する激烈な革命であったが、その意志を鍛えた原動力の裡に、儒教道徳のもつ強烈な自己《じこ》克己《こっき》、忍耐、持続的エネルギーなどの美徳が作用していたことは興味ふかい。

儒教道徳への反抗は、明治以後において決定的ではあったが、その淵源《えんげん》はすでに十八世紀末から始っているのであり、本居宣長《もとおりのりなが》の思想がこの点で最も重要である。儒教道徳に対する、これほど徹底的な反逆はなかった。彼の所謂漢意《いわゆるからごころ》*の排斥から、神道《しんとう》のおのずからの道に到る論策は、根本において一種の道徳革命である。今日の言葉で言うなら新しきモラルの探求を志した第一人者であったといえる。

戦時中、宣長の思想はかなり歪曲《わいきょく》されて、固陋《ころう》な国体観となってあらわれたが、これはむしろ平田篤胤《ひらたあつたね》の流派をひくものであり、宣長その人の位置は、近代日本にとっては、あたかも西欧におけるルッーのごときものであったといえる。彼が日本の古代に求めたものは、人間性の解放である。あらゆる人智によって限定されざる自由人の世界を古代に夢みつつ、これを近代の理想精神たらしめようとしたのである。十九世紀以後の思想史において、モラルの探求という点からみて彼は見逃しえぬ人物である。これを現代に指摘した作家は、島崎藤村《しまざきとうそん》であった。『夜明け前』やその他の感想で、藤村が宣長にふれている点は、要するに儒教道徳への反抗と新しい人間性の獲得の祈願であったことは留意すべき点である。

また、内村鑑三の影響を多少なりとも受けた作家には、現存する人としては志賀直哉《しがなおや》、正宗白鳥《まさむねはくちょう》がある。小山内薫《おさないかおる》も一時はその門下であった。当時のキリスト教(プロテスタンティズム)の明治文学に与えた影響はかなり大きく、内村鑑三のみならず、新島襄《にいじまじよう》、植村正久《うえむらまさひさ》のごとき基督《キリスト》信徒は、夫々《それぞれ》その頃の文学青年に道徳革命のための新鮮な力を与えた。それは個々人の良心の自覚を促し、単に宗教的であるのみならず、個の確立の上に大きな力となった故に、文学者をひきつけたのである。北村透谷《きたむらとうこく》、国《くに》木田独歩《きだどつぽ》、徳富蘆花《とくとみろか》等もこの意味でキリスト教の影響はふかく受けた。白樺派《しらかば》までこの潮流はつづいていたとみてよい。むろんこれらの作家は、基督信徒にはならなかった。多くは反宗教的な方向へすすんで行ったが、しかし肝心な点は、彼らが青年期に与えられたこの影響によって、たとい反キリスト的であっても、何か新しいモラルを探ろうとする強い意志を与えられたということである。十九世紀日本文学史を大きくみるとき、宣長の思想とプロテスタンティズムは、文学の上に極めて大きい影響を与えた事実を、私は今日とくに指摘しておきたい。

島崎藤村を例にとってみても、彼がとくに新しい道徳について深思した時期は、『新生』をかく前後であったろう。『新生』はそのテーマとして背徳者の苦悩を扱っているが、この背徳という意識の深さは、おそらく彼藤村の心底に無意識ながら刻印されていた青年期のプロテスタント的感情であろう。むろん、藤村は『新生』において、新しい道徳をつくりあげたとは言えぬ。むしろ求めようとして求めあぐんだ人の道徳的寂寥《せきりよう》というべきものがこの作の根底にある。それはまた、藤村を終生悩ました大問題でもあったと思う。今日モラルを考える時、『新生』を再読することはよき参考になると思う。

明治以後のすべての作家が新しい道徳の探求に向ったとは言えぬ。儒教道徳への反抗から、むしろ一切の反道徳的な、何ものにも煩わされぬ人間性の実体の描写、在るがままの描写に向って行ったことは周知のところであろう。自然主義文学の核心は、この意味での反道徳性にある。それは人間性の解放への叫びを根底に蔵していたことはむろんである。自然主義もその当初においては、たしかに一種の革命文学であったと言える。

こういう中に、藤村を置いてみると、自然主義的ではあるが、たとえば田山花袋《たやまかたい》や徳田秋声《とくだしゅうせい》とはかなりちがったものがみられる。藤村は血統的に言っても倫理的な人物であった。人間の情感の世界、その反道徳性に自らおちいりながら、その在るがままの描写では気がすまず、寂寥に耐えず、何かしら一つのモラルを求めようとする苦悶《くもん》があったのはその生得《しょうとく》の倫理性に由《よ》る。『新生』から晩年の『夜明け前』に来ると、次第にこれがはっきりして、彼の父祖の中に、人間としての生き方の一典型を創造せんとする意力となってあらわれた。道徳と言い、モラルと言うも、根底においては人生いかに生くべきかの問題であり、人生に処す覚悟の問題であって、単なる思想、観念ではない。

武者小路実篤《むしやのこうじさねあつ》、志賀直哉、長与善郎《ながよよしろう》から倉田百三《くらたひゃくぞう》にいたる所謂《いわゆる》白樺の人道主義とよばれる作家の中には、一層はっきりしたかたちで独特のモラル探求がみられるであろう。とくに武者小路実篤の作品は、この点で、明治以後の文学に新しいエポックを劃《かく》したものと言ってよい。ここでは明確に、端的に、我いかに生くべきかが志向されている。自然の意志を己《おのれ》の意志とし、己を生かすとともに人をも生かすという、大調和の世界が、氏の一貫して祈求せるモラルであった。キリスト教やトルストイの影響をかなりつよく受けている。むろんクリスチャン、或《あるい》はトルストイアンと呼ばるべきではないが、武者小路氏は全く独自な形で、大正期における日本の新しいモラルを作品に具体化した人と言えるであろう。氏の小説は根本において思想小説である。自分の記憶する思想を、対決の形式を以《もっ》てかなり性急に述べて行くのだが、こうした作風はこれまでの文学には稀有《けう》であり、今後もまためったに出ぬものであろうと思われる。小説家と言えぬかもしれないという疑問すら生ずる。別の面から言うなら、自然主義風の小説の破壊であり、小説の上に新しい分野をひらいたとも言える。「モラルの探求」というテーマを考える上には、見逃すことの出来ない作家である。

白樺派以後、たとえば菊池寛《きくちかん》、久米正雄《くめまさお》、芥川龍之介《あくたがわりゅうのすけ》から以後になると、モラルの探求という点で極めて不分明になり、また複雑にもなったと言えよう。大正期からの急速に一段とすすんだ欧化、それに伴う思想的混乱は、文学をもまた異常な混沌《こんとん》状態に導いた。小説そのものの範囲には、元来限定はない。小説とはかくの如きものでなければならぬという厳格な定義は不可能なのだ。むしろ一人の作家が夫々《それぞれ》個有の小説論をもつと言った方がよい。各個人によって創造されたそこに新しい小説が存在し、小説論が起るのである。明確な思想的意図をもって、一つのモラルを求めなければならぬという規則はないわけである。

しかし、人間のあらゆる状態を、それに即して描写するというリアリズム手法は、大正から昭和へかけて殆《ほと》んど万能のごとき観を呈しつつ、次第に類似現象をあらわしてきた、リアリズム手法の氾濫《はんらん》の時代となった。それは小説を或《あ》る意味で新しくし、普及化し、技術の進歩をも伴ったのであるが、その反面に、リアリズムはその根本にあるべき激しい自己統制力を失った。自己統制力とは、即ち作家のモラルである。一定のモラルに束縛される必要はないが、しかし自発的な形で、各作家が固有のモラルを内に保有し、言わば小説の上に人生を再現するときの信念と言ったものを、次第に失って行ったのである。

プロレタリア文学のもつ固有の魅力はどこにあったか。それは従来の私小説、あるいは自然主義文学の素材的にみて狭い描写に対して、広汎《こうはん》な社会現象を描くことをはじめてあらわしたと言われている。しかし私の最も指摘したいことは、むしろその階級的道徳の明確さであり、これが根底において、日本の文壇を震撼《しんかん》せしめた理由ではないかと思う。階級的道徳そのものに対しては、むろん賛否はあろう。私自身も共産主義者ではない。しかし無道徳あるいは反道徳的作家の多い中に、それはともあれ実にハッキリした形で一つの強烈なモラルを掲げた。この割り切った公式的ともいえるモラルの強さが、プロレタリア文学の根本的魅力であることを、当のプロレタリア作家も忘れがちである。むろん束縛は起った。イデオロギーによる自己束縛と言われ、観念や思想で小説がかけないという非難は当然起った。それはそのとおりだ。しかし新しいモラルを求めて求めあぐんでいる現代に、ともあれ明確で断定的な、その意味で宗教的なモラルを掲げたその強みは否定出来ないのである。

私はここで、プロレタリア文学の批判を試みようとしているのではない。モラルの探求という観点からみたとき、この党派的文学が、一つの宗教的情熱をもって現われている根本原因をここに指摘しておきたいと思ったのである。プロレタリア文学に反対するものが、単にイデオロギーや公式性を非難するだけでは足りないのだ。党派をつくって対抗するのも文学者としては愚かなことである。問題はそれに拮抗《きっこう》しうるだけのモラルを、明確につかむということだけが大切だと私は言いたいのである。

モラルの探求は、作品以前の問題として一応考えられる。作家の、人生に処す覚悟の問題である。しかしその具体的なあらわれは、作品をおいて他にない。作家にとっては作品が一切である。いかにモラルを論じても、作品として造型化されぬかぎりは無意味であり、また作品として描いて行くうちに次第にはっきりしてくるものである。そして作品行動そのものが、すでに或る意味で道徳的行為とも言える。

今日アーチストとアルチザンという言葉が流行している。それは用うる人によって様々に意味がちがうが、芸術の世界では、アルチザンたることこそ第一の心掛だ、という風に私は考えている。これを訳して職人気質といえば、今日の我々は直ちに商業主義や或は大工《だいく》左官といった人々を思い出すが、職人気質《かたぎ》本来の意味は、一道に熟達せんとする、言わば熟練工への意志を指すのである。小説家としての熟練、これ以外に何もない。それは建築にたとえるなら、一つの石の上に一つの石をつみかさねて行く持続するエネルギーである。

大伽藍《だいがらん》を空想することは誰にでも出来るであろうが、アルチザンとはまずこの空想を否定するものなのだ。傑作意識を排するものなのだ。一日一日に、一つの石をコツコツと刻みつみかさねるその苦難だけを、現実的なものとして身にしみて感じている人のことだ。私はこの気持を道徳的なものと呼びたい。即ちその道の徳なのだ。これを作家のモラルとよんでもいい、その上に立って、はじめて広大な世界観も信仰も理想も作品化することが出来ると思う。逆にそうした信仰や理想が、作家のアルチザン的モラルを基礎づけるとも言えよう。芸術家――アーチストとは一つの空想にすぎない。

私は右のような点を根本に置いて、その上で現代文学に欠けているものについて語りたい。明治から現代まで、儒教道徳への戦いはつづけられてきたが、しかし新しい道徳はまだ確立されていない。リアリズム万能は、なんでも手あたり次第描けるといった迷信を普及させたが、それを根本で統制すべき道徳――言わば人生に処す覚悟とも詩心ともいえるものを作家から喪失せしめた感がある。

第一に、神と人との対決の欠如。これは明治以来の日本文学の、おそらく最大の空白ではなかろうかと思う。さきに述べたように、明治の作家の中にはキリスト教の影響を受けた人々が少なからずあるが、それをはっきり自覚して、神と人との問題を思索し、これを作品にあらわした人は非常に少ないのである。武者小路実篤、倉田百三あたりにわずかにそれがみられるだけである。

これは日本の現代文学を狭小なものにした第一の理由ではなかろうか。つまり作品における問題性そのものの小ささである。今日我々は、何故日本にトルストイやドストエフスキーのごとき大作家があらわれなかったかについて議論するが、この二作家は、厖大《ぼうだい》な量の作品をかいたから大作家なのではなく、彼らの担《にな》った問題そのものが大きかった故に大作家なのだ、ということを人々は忘れている。即ち彼らの根本にあるものは、神との対決である。必ずしも既成宗派、あるいは教義との対決ではない。人間——このものの研究に徹してその不安定、虚妄《きよもう》をみぬいて後の虚無からの脱出に神あるいは仏の問題が登場するのである。

終戦後、多くの作家は虚無と絶望について語っている。それは単に敗戦という事実からくるのみならず、人間として幾たびか必ず通らなければならぬ問題であろう。従来とてもこの問題に対して作家は無関心であったわけではない。しかし同時に、なお且つ生きて行くとすれば、どこに自己の生の終局の拠《よ》り所を求むべきかが当然考えらるべきだし、ここにこそ激烈な戦場が展開される筈《はず》なのである。神の肯定と否定の問題がここに起る。多くの作家は、漠然たる無神論者であるか、或はこの問題について無関心である。しかし漠然たる無神論者、あるいは神への無関心ということは、作家としてゆるされざる怠惰なのである。何故ならこれこそ人類の精神史にとっての最重大課題であり、また人間の研究から当然行き着かねばならぬ問題であるからである。

無神論とは、すでに神について沈思し苦悩したものの立場なのである。神の否定とは、一つの苦悩なのだ。苦悩なき否定などある筈がない。しかも現代作家にはこの苦悩がない。大なる肯定もなければ、大なる否定もない。いかに考えてもこれは大きな空白ではないか。

この問題に関連して、次に罪悪感の欠如があげられる。明治以後の文学作品に、罪の意識というものは案外なほどない、さきにひいた藤村の『新生』など、その稀《まれ》なる例である。道徳とかモラルとか我々が考えるのは、つまり我々の人間としての堕落という自覚に基《もと》づくのである。情欲、物欲、生のエゴイズムから発するあらゆる迷妄と罪過の裡《うち》に、人間の実相がはっきりうかがわれるのだが、同時に我々は救いを考えずにいられない。たとい自力による救いはなくとも、人はみな必ず胸底において何らかの「救い」とか「幸福」を夢みているものである。むろんその面だけを強調すれば、甘く感傷的なものにはなるが、人間性の魔性の裡に深く入るにつれて、これを希求することは必至と言ってよく、人々を感動せしむる大文学のこれは欠くべからざる要素だと私は思う。

トルストイ、ドストエフスキーの作品の根底に、強烈に存在するものは罪悪感である。この二作家がつねに愛読され、問題になるのも、その一原因は、「罪」の意識が我々を動かすからだ。ここで小説における「私」の問題について一言ふれておきたい。所謂《いわゆる》「私小説」の問題としてみてもよい。私は、日常身辺の雑事をこまかに描いた随想風の私小説をむろん好まない。しかし「私小説」が成立するとすれば、その一番大事な要素は、罪の意識に基いた自己告白の衝動ではないか。この意味からすれば、「私小説」こそ、小説中の小説であるという風に私は考える。少なくとも小説の根底になければならぬ第一義のものだ。という風に考えているのである。

　自己告白はむろんむずかしい。甘く感傷的になり易い。しかしその危険をとおって、そうさせないものは、人間研究からきた宗教的罪悪感ではなかろうか。もし宗教的という言葉に或《あ》る限定を感ずるならば、理想といってもよい。信念といってもよい。道徳といってもよい。つまり明確なモラルへの欲求こそ、我々の自己告白、あるいは自己描写を、その正当な、過不足なきコースに置く第一の条件なのではないか。日本の従来の「私小説」にはこれが殆《ほと》んどなかった。まして自己の研究が人間の研究という広汎さにむすびついた例など稀有《けう》であった。

　次に、理想的人間像の欠如について考えたい。明治以後の文学をみて、一つの作品として今日まで多くの感動を与えるものは少なくない。しかしその作品中の人物が、作品から抜け出して、あたかも生きている一つの人物であるかのように独立して我々の精神に影響を与えるといった例は極めて少なかった。外国文学に例をとるなら、これは枚挙にいとまないであろう。ハムレット、ドン・キホーテ、ヴェルテル、レーヴィン、スタヴローギン*等々、という風に各時代の各作家についてあげることが出来るのだが、日本文学ではこの例はない。言わば一時代を、或《あるい》は人間を代表する典型の描写において貧しいのである。

根底にあるものはやはりモラルの欠如ではなかろうか。我々に極めて近い作家に例をとるならば、たとえば島木《しまき》健作《けんさく》にはこの種の努力があった。彼の作風そのものが、すでにモラリッシュなもので、新しい時代の新しい人間の生き方を、終生描きつづけたのである。或る時期の人々には、彼の作品中の人物は独立して生々と働きかけたのである。むろん未完成に終ったが、これは何も島木流の人物とはかぎらない。背徳的な人物なら、それはそれとしてやはり一つの典型として生きてこなければならぬ筈である。

島木健作とは全く反対の作家として、たとえば坂口安吾《さかぐちあんご》を考えてみよう。彼の『堕落論』を、私はやはり一種のモラルの探求としてみる。それは従来の道徳に対する破壊であった。宗教とか道徳とかは、必ずそれ相応の仮面をでっちあげ易い。偽態をつねに伴うものだ。そうした偽善性、日本的パリサイ気質に対して、坂口の『堕落論』

は一つの反逆である。さきにも述べたように、新しいモラルの為には必ずこうした破壊工作が必要なのである。人間の一切の仮面、偽態を破って、その転落の実相をみ、そこからはじめて各人の自由意志において、各人固有のモラルを発見せよという促しを『堕落論』は根底にもっている。

しかし彼の小説は、この『堕落論』を、一つの典型的人物にまで肉化し描きあげるところまで行っていない。個々の作品で、その風貌《ふうぼう》は断片的にあらわれてはいるが、一つの強烈な人間像をうちたてる努力が少ないようだ。小説よりも『堕落論』の方が面白いのである。これは何も坂口のみにかぎらず、現代作家のひとしくおちいっているところであり、意志とエネルギーの欠如、乃至《ないし》はジャーナリズムの濫用《らんよう》に由《よ》る疲労を私はここに感じる。理想的人間像と私が言ったのは、つまりどんな意味ででも、その作家の固有の宿命から発した典型的な人間像のことで、現代というこの悲しむべき時代をあらわす人間の創造こそ、これからの作家の大野心であろうと思うのである。

モラルの探求は、終局的には、作家の場合、こうした典型の創造におちつくのである。リアリズムの頽廃《たいはい》が、かかる野心を作家から奪った感がふかい。あらゆる風俗、習性、心理を手あたり次第に描いて、ついに一人の人間らしい人間をもつくりあげえぬのは、根底において私が、今までのべたような意味でのモラルの探求が欠けているからである。

神聖と獣性のたたかい

今日はひとつ小説の話をいたしましょう。現代は小説の全盛期であらゆる層を通して小説の読まれる率が一番多いと思う。ところで読者諸君はどういう点に最も心ひかれるか。筋の面白さもむろんだが、そこに描かれた「人間」に直接結びつく、いわばわが身につまされてその「人間」に感動したとき、小説がはじめて身近いものになるのではなかろうか。これはだれでも経験する常識といっていいだろう。そしてある時代なら時代を、典型的に代表するような「人間」像が描き出されたとき、それははじめて国民のひろい層に迎えられ、普遍性を帯びるに至るのも当然である。

ところが現代で、これほど小説が盛んであるにもかかわらず、私たちの心に深く印象づけられるような主人公が果してあるか。時代の典型は、いまだ創造されていないのではないか。小説は読みすてられ、忘れられてゆく一大消耗品と化したのではないか。そういう疑問をいだく読者も少なくないと思う。

明治以来、社会の移り変りは激しく、すべてが混乱しているので、現代人の典型が成立しがたいという事情もある。また小説には娯楽的要素があるから一時の面白さで読みすてられてもいいという考え方もある。しかしいずれにしても読者である私たちは「人間」を求めていることはたしかだ。現代に求められなければ過去に求める。これは伝統とも関係があるが、今なお弁慶《べんけい》とか義経《よしつね》とか秀吉《ひでよし》とか宮本武蔵《みやもとむさし》とか、こういう人物はくりかえし描かれ、民衆のあいだに親しく生きている。魚屋さんでも大工さんでも、カブキの好きな人なら、彼らのセリフまで暗記している。

　おそらくイギリスの魚屋さんなら、シェイクスピアのセリフの一つぐらい知っているだろうし、イタリアの水夫なら、タッソオ*の歌ぐらいは歌うだろう。日本でも古来の和歌俳句で暗誦《あんしょう》されているものは、少なくない。つまり私の言いたいのは、小説の主人公でも、その名がひろく知られ、そのセリフが暗記されるほどになってはじめて民衆に密着するということ、芸術の大衆化とはそうあらねばならないということだ。『金色夜叉《こんじきやしゃ》』のお宮《みや》、貫一《かんいち》や『坊っちゃん』などその一例である。

　私はなぜこんなことをいい出したか。戦後の純文学、中間小説、大衆文学等をかえりみると、たしかに人間性の醜悪さやデカダンスや性の露骨な姿は描かれてきた。検閲制度がなくなって、作家はどんな卑《ひ》猥《わい》なことでも、書こうと思えば、書けるようになった。その点たしかに自由になったが、この自由が作者に復讐《ふくしゅう》しなかっただろうか。

つまり悪や性の風俗は描かれたが、人間像の形成への努力は、かえって貧弱になったように思われるからである。悪や性はたしかに魅力があるが、その娯楽性に甘えすぎて、これに抵抗する人間のタイプを創造しようという意力は衰えているのではないか。現代小説は処女姦淫《かんいん》と姦通《かんつう》の巣窟《そうくつ》ではないか。それも人間性の実体に違いないが、それだけでいいのかと私は疑っているのである。

実は、今年はドストエフスキーが死んでから七十五年目で、世界各国で記念の催しがあるが、彼の作品の日本への影響は大きかった。明治から今日まで、青年に読まれた翻訳小説をあげるなら、おそらくトルストイと並んで彼の作品は、隠れた連続ベストセラーといっていいだろう。日本の現代文学よりもはるかに熱心に読まれたのではなかったか。戦後も同様で、戦後作家の大部分はドストエフスキーを一度は通って、その影響下に創作を始めたといえると思う。

彼の作品は、人間の実体、あらゆる危機にのぞんだときの人間のエゴの醜さや罪の根原を示してくれた。それは大きな刺激となり、彼の作中人物を模倣した作家も少なくない。ところが、ただひとつ『カラマーゾフの兄弟』の中のアリョーシャを模倣した作家がいなかった。私はこれを注目したいのである。

アリョーシャは清純なキリスト教信徒である。ドストエフスキーの描いた奇怪な人物、醜怪な人物の中で、天使のように純潔で求道的な青年である。ドストエフスキーは決して人間の醜悪や虚無だけを描いたのではない。神との対決において、清純な人間像を創造しようとした。この点に注意を向け、それを模倣しようとした作家がいなかった、ということに私は注目したいのだ。

ここにはむろんキリスト教伝統の問題もあり、ロシアとはすべて条件が異なるから、そっくりそのままというわけにはゆかない。しかし全く別の条件のもとでもいい。とにかく清純な人間像が現代小説の中に、あまりにも少ないのではないか。このことは女性像についてもいえる。女性の解放が叫ばれて姦通や淫乱《いんらん》の姿が露骨に描かれ始めた。人間にはたしかにそういう面があり、今まで抑制されていたのは事実だが、それがどぎつくくり返されると清純な処女や聖母型の女性像が欲しくなる。

むろん戦前のことを考えるとひとつの危険もある。それは「清純」ということが形式化されて、いわゆる貞女型の女性像が流布《るふ》することである。戦時中の女性は、賢く貞女たることを強制されたといってもよい。

人間性を無視した「純潔」「貞潔」「清純」が、どれほど人間性をゆがめるか。形式的な抽象道徳が日本では権威をもちやすい。小説は元来それへの反抗であり、人間性の実体を容赦なく描き出さなければならないものである。

明治の自然主義文学以来、作家はこの点で人間凝視をつづけてきた。「現実暴露《ばくろ》」ということが一つの合言楽であったことによってもそれは明らかで、要するに形式的な抽象道徳の破壊は今日でも大切なのである。修身教科書風の人間像を私は求めているわけではない。

しかしいま述べたように、戦後は激しい反作用が起って、暴露はどぎつさを増し、性の神秘は剝奪《はくだつ》され、未亡人は奔放な淫婦《いんぷ》となり、パンパンがしばしば小説の女主人公としてあらわれた。

エロティシズムを求める気持はだれにもあるが、これもまた人間性の一面にすぎないことを知っておく必要がある。

現実の人間を見ればわかる。それは矛盾した存在である。青春時代に性への無拘束な夢を抱くのは当然だが、同時に深い友情とか愛について考えるものだ。現代の青年を「アプレ」と称してその無軌道を嘆く人もあるが「アプレ」でない青年だって多い。目だつことなく地道に勤労している青年がいる。

人間には獣性があるが、同時に神聖な欲求もある。この矛盾の戦いが根底にあって、はじめてすぐれた作品が出来るのは当然だ、ドストエフスキーにしても、トルストイにしても、人間性の大矛盾に立脚した人である。人間の醜悪や性の極限を描きえたからこそ同時に清純な人間像をも創造し得たのである。

このこととあわせて、現代の日本の小説を見て、だれしも気づくのは「永遠の女性像」のないことである。ダンテにおけるベアトリーチェ、ファウストにおけるグレートヘンなどその原型だが、自分の愛した女性を、たとえ一時は情欲の底にまみれても、やがてそれを聖化して心に永続せしめようという欲求を「女性像」としてあらわした人は実にまれだ。逆にすべての女性は「永遠の女性」か「聖母」を心の底に潜在させている。姦淫の危機の中にすらそれをひそめているのではないか。

谷崎潤一郎《たにざきじゅんいちろう》の『少将滋幹《しげもと》の母』の「母」などは聖母の一典型であり『春琴抄《しゅんきん》』の春琴や、或《あるい》は高村光太郎《たかむらこうたろう》の詩集『智恵子《ちえこ》抄』の智恵子など、現代文学ではまれな「永遠の女性像」である。それは浄化された愛といってもよい。

こんなことをいうと、必ず甘いという人があるが、そもそも人間性の醜悪さを深く実感しないところに「清純」とか「聖化」という観念は成立しないのである。読者の皆さんが、現代小説の中に、それを要求してもいいのではないか。

自己の自由を守る精神

最近の新聞をみると、保守派の攻勢が日増しに強まってきていることが、だれにも痛感されるだろう。たとえば、自民党に都合のいい小選挙区制、教育委員の任命制、教科書法案、NHKの監督強化、さらに憲法改正案など、矢つぎばやに国会で問題にされようとしている。これについては自民党の言い分も、反対側の言い分も、すでにあきらかにされているが、こうした傾向について、青年諸君はここでとくに強い反応を示してほしいと私は思う。

戦後の十年をかえりみると、多くの混乱もあり、行きすぎもあったのは事実だが、われわれ日本人にとって新しい経験である民主主義が、徐々にだが、身につきはじめてきたことも見逃してはなるまい。たとえば現在の教育委員会にしても、不活発なところもあるだろうが、国民自身によって選ばれた人によって、教育問題が討議されるというその方向は正しいと思う。教科書の自由な選び方や、NHKの放送をきいていても、現在とくにひどい行きすぎがあるとは思われない。

いわば戦後の諸改革が、まがりなりにも身についてきたか、あるいは身につこうとするその大切な時期にさしかかってきたわけだ。ところが、ほとんど突如として、これを逆行させるような法案が矢つぎばやに提出されようとしているのである。とくに「安定政権」の名目で、自民党に有利な選挙区を強行しようとし、保守政権の永続性をはかろうとしている点を見逃してはなるまい。「多数決」の名で、何でも通そうと思えば通せるような仕組をつくろうとしているのである。

この状態のまま進むなら、憲法改正はむろん、やがて徴兵制も問題になるかもしれない。そして反対者に対しては、警察権をどしどし発動するようになるかもしれない。私のように戦前、戦時中のきびしい統制の中を生きてきたものにとっては、それがはなはだ苦い経験であっただけに、これからの青年諸君に同じ思いをさせたくないと思うのである。

当局は、むろん言論の抑圧など絶対しないとくりかえしている。しかし、いままでの経験からいうなら、さまざまの既成事実をまずつくっておいて、これに順応せざるを得ないような状態に国民を追いこむ事が予想される。軍備も既成事実となっている。さまざまの法案も通しておいて既成事実とし、都合のいいとき、これを発動しようとする。そのときになって驚いても、もう遅いのである。何ごとでも習慣化されると、われわれはつい無関心になって順応しやすい。結果としては、それを承認してしまうようなことが、しばしばある。この危険を私はいまから指摘しておきたいのだ。

ところで、私の心配な事がもうひとつある。さまざまの統制を試みようとするとき、まず弱い部分から、あるいは裏側から、徐々に首をしめつけてゆく傾向である。たとえば、ジャーナリズムの上で著名な学者とか作家とか批評家とか、そういう目だつ人々に対しては、当局はあまり干渉しない。将来の事はわからないが、少なくとも現在のところ、おもてだって圧迫などしない。すぐ問題になるからである。

その代り無名の人に対しては、さまざまな方法で干渉する。時たま新聞に出る警察官の思想調査なども、そのひとつである。地方ではよくあることで、だれがどこの本屋で、どんな傾向の雑誌を買ったかとか、あるいは学校の先生の日常の言動を密告させるとか、また、サークルなどをつくった場合、そこへ出入りする青年を看視し、家庭や会社側を通じて、陰で圧迫を加えることもある。またサークル活動の盛んな地域からの就職希望者は、採用しないといった方法をとることもある。

圧迫は直接警察からだけでなく、会社側とか家庭を通してあらわれることがある。これらはほとんど目立たない。職場での団結の弱いところでは、泣き寝入りになる場合もあろう。地方ほどこうした悪条件に見舞われる可能性が多い。「目」にみえる露骨な干渉は、すぐ社会問題になるが、いま述べたような「目」にみえない干渉で、窮地におちいってゆく人も少なくないと思う。さきに述べたさまざまな法案が実施される前に、すでにこうしたかたちでの迫害がくりかえされ、それが下地《したじ》になってゆくことを私は心配しているのである。

私は文学者の組合である文芸家協会に属しているが、最近この会の内部に、言論表現問題委員会が設けられた。直接的には文学者の表現言論の自由を守る会だが、たとえば「発禁」ということがある。いまは検閲制度もなく「発禁」も法律上ゆるされないが、周知のように「ワイセツ」なものは刑法の対象になり、その本は没収されて、事実上の発禁になる。

ところがこの点の判断は実にむずかしい。『チャタレイ夫人の恋人』*が果してワイセツであるか、あるいは文学作品としてみとめられていいものか、すでにくりかえし論ぜられたことは周知のところである。ことさらワイセツを売りものにするのはむろんいけないが「文学作品」として提出されたとき、それがただちに刑法の対象とされていいかどうか。

たとえば私自身は批評家なので、ある作品がいいかわるいか、それを判断して発表するのは自由である。しかし裁判官が判断して、刑法の対象にする場合、はなはだ危険なことになる。なぜなら、刑法の対象になるような個所だけをぬきだして、作品としての価値判断は除外されるからである。裁判官が、一市民として是非を論ずるのはむろん自由だが、権力の対象になると話はまったく違ってくる。

ここでもうひとつ見のがし得ない点は、青少年の不良化を心配する父兄の多いことで、それは当然である。性風俗の露骨な描写など、私も自分の子供には読ませたくない。

もっと健康で、ほんとうに倫理的な意思でつらぬかれたものを読ませたいと思う。また一流の作品は、たとえ性を扱っている場合でも、根本において人間性をゆがめるものではないと私は思っている。

ところが困ったことは、父兄のこうした心配が、当局の取締りの理由になる事である。青少年の不良化防止といえば、だれでも賛成する。暴力的な不良青年とか、桃色遊戯にふけっている青年男女など、取締ってもらいたいと私も思う。しかしそのことから逆に、ある作品とか映画に対して、当局が取締りを開始するようになると、危険である。必ず行きすぎが起ったり、それが言論表現の自由への干渉の下地になることがある。この微妙でむずかしい点に対し、文芸家協会の言論表現問題委員会は、積極的に乗りだそうとしているわけである。

ところが、もっと困ったことが起ってくる。政府や取締り当局が、倫理観念をふりまわすことである。

ちょうど戦争中のように、上から強制する倫理観念を生み出そうとする。たとえば、教科書法案が通って、政府統制下の修身教科書などが現われる可能性がある。すでに「道徳教育」が問題になっている。私の言いたいのは、権力とむすびついた官製の倫理観念ほどおそろしいものはないということだ。戦時中の軍人が、事ごとに倫理をふりまわしたことを思い出したい。国家神道にむすびついて、絶対主義としてそれは強制されたわけで、そういう方向へ一歩でも近づくことを私はおそれるのである。

風俗の頽廃《たいはい》でも性の露骨な描写でも、それをきびしく批判するのは、青年自身でなければならない。

むろんおとなだって同じことだが、いわば国民の自発的な批判力が発達して、国民自身によって、是非が決定されるような風潮が盛んにならないかぎり、日本では必ず上からの取締りが始まる。国家統制による倫理が押しつけられる。私はその危険を今日とくに指摘したいのである。

文学作品でもそうだが、つまらないものは、たとえ一時ベストセラーになっても、半年か一年たてば消えてしまうものである。決して永続性はない。その点、歴史はきびしい判断を下すが、しかしその歴史を形成してゆくのは青年諸君である。時の流れにゆだねてばかりいてはならない。現下の保守攻勢のもとで、青年は自己の自由を守るために、きびしい批判精神を発揮してもらいたい。時間のかかる困難なことだが、いわば国民自身の手で、自己の倫理をうちたててゆく必要がある。そうしなければ、必ず統制が来る。戦後十年たって、はじめて民主主義の試練の時期が到来したのである。

第五章　日本をみつめる心

島国の悲しさ

私はまだ外国へ行った事は一度もない。おそらく日本人の大部分も、一生を通して外国を知らずにすごすであろう。地図でみるとわかるように、日本は東洋のはての小さな島国だ。八千万の人口が、ここにぎっしりつまっている。そして自分で、一体自分はどんな性格の国民だろうかと、自問自答をかさねてきた。

この点はおとなも青年も同じだが、とくに知識欲の盛んな青年は、すこしでもくわしく外国を知ろうと、明治以来、実に性急に、ほとんどかけ足のようにして、さまざまのものを学んできた。そのこと自体はいいことだが、そこからひとつの根づよい傾向が生れてきたように思う。とくに知識人とよばれる人間にみられる特長だが、「ヨーロッパ」に対する一種の劣等感である。「後進国」という観念が頭にこびりついて「ヨーロッパ」にはどうしてもかなわぬといった心理状態がある。それは後には「アメリカ」にたいしても、また最近では別の意味で「ソ連、中共」にたいしても抱いている心理ではなかろうか。

つまり自分の目で、相手の国をよくみる機会がないこと、島国に固有の観念性から、それが由来《ゆらい》するのではないか、少なくとも大きな原因のひとつではないか。私にはそう思われてならない。国境を接し、外国人との往来の激しいところでは、こうした劣等感はおそらくあるまい。とかく閉鎖的になりやすい島国人にとって「外国」というものの受入れ方は、必要以上に刺激性を帯び、したがって観念的になりがちなのはやむをえないことなのか。

私は時々かえりみて驚くのだが、日本人ほど「世界的」という言葉を気にする国民はないように思う。芸術でも科学でも、外国人がほめてくれなければ、自信がもてないといった傾向がある。私は大和《やまと》の古い美術についてしばしばかいてきたが、私がほめても納得《なっとく》しない古仏などを外国人がほめると初めて肯定するといった人が少なくない。おそらく文学でも同様であろう。日本人どうしの評価を、お互いに軽んじているのではないか。

日本の美術や文学や科学が外国人にみとめられ、世界的に賞讃《しょうさん》される事はむろん結構だ。私もそれを喜ぶが、しかし外国人がみとめなければ価値ないもののように考えて、卑下するとしたらどうであろうか。こうした気持もまた島国に固有のものなのであるか。敗戦国民としての意識も、ここに作用しているであろうが、外国人への媚態《びたい》を私は警戒したいと思う。

同時に私は別の危険をも感ずる。それはこうした劣等感や卑下にみずから反発すると、今度は逆にとんでもない優越感を抱いて、独善的になることである。戦争中の国粋主義や排外主義などそのあらわれであった。とくに私はみずから省みて恥ずかしく思うのは「ヨーロッパ」に対して劣等感を抱く反面に、中国人やインド人や朝鮮人に対して、理由のない優越感を抱いてきたことである。幼少のころから中国人に対し、どれほど侮蔑的《ぶべってき》な呼び方をしてきたか。同じ東洋人に対し、あたかも彼らが劣等人種であるかのような、思い上がった態度を知らず知らずのうちに、もちつづけてきたのではなかったか。

ヨーロッパ人への劣等感と、東洋人への優越感と、これが日本の「近代化」の悲劇であったと私は思う。日本は東洋で、もっとも早く西洋文明を受入れ、たしかに「近代化」した。そこで発揮された知的エネルギーを私は高く評価したいが、その反面に、いま述べたような心理状態が生じたのである。島国根性《しまぐにこんじょう》とのみはいえない。何かしら致命的なユガミのように思われてならないのである。敗戦はこうした考え方を多少改めたかもしれない。しかし、まだまだ用心が必要だ。島国内での正当な自己評価は実にむずかしいのである。

私がこんなことを言い出したのは、最近、青年男女が続々と外国へ旅行する機会が多くなったからだ。国民の全体からみれば、むろん少数だが、しかし明治以来、今日ほど青年の海外旅行がめだってきた時代は、かつてなかったのではないか。学問や芸術の研究をはじめ、平和会議とかスポーツの集りのため、若い人たちがどしどし出かけてゆく。交通機関の発達のせいもあるが、私は今昔《こんじゃく》の感にたえない。

以前は「洋行《ようこう》」という言葉があった。飛行機の発達しないせいもあったが、船ではるばるとヨーロッパへ行くことは、大変な旅行のように思われ、行く人もまた並々ならぬ決心をもって出かけたものだ。つまり「洋行」ということが大げさに考えられていたのだ。それだけに「洋行帰り」は何かひとつの権威のように思われていた。

しかし今はそうではない。外国帰りも、次第にあたりまえのことになって、そんなに珍重されなくなった。とくに若い人など、すぐお隣りの国へでも行くように、気軽に出かけてゆく姿をみると、時代が新しくなったことを感ずるのである。たとえ短期間であっても、ひとりでも多くの青年男女が外国を自分の目でみてくることはいいことだ。島国の特長も、日本人としての自分の姿も、そうすることで次第にわかってくると思う。そして優越感や劣等感でなく、ごく公平に静かに観察してくるような習慣が身についてくることを私は期待したい。今までのおとなにはなかった新しい国際感覚が、これからの若い人の中から生れてこなければならない。そういう希望を私は若い人たちに対して抱いているのである。

こうした心構えは、国内にいる大多数の青年男女にも、むろん大切なことだ。私はおとなの中に根づよく残っている偏見やポーズがいつも気になる。たとえばソ連や中共へ招かれてゆく人が多いが、はじめから崇拝しようと決めてかかっている人、はじめからアラをさがしてやろうと決めてかかっている人、この二種類の人は困る。またそのように二種類にわけて考えるような習慣も困る。

招待されて行くような場合、どこの国であっても、その国の美点をつとめてみとめて、心から理解しようという気持をもたなければならないのは当然である。それは国際的エチケットである。

同時に疑問は疑問として、正直に出していいはずだ。はじめからアラをさがそうといった下心は卑しいことである。日本へ来る外国人だって同じことではなかろうか。つまり私の言いたいのは、外国というものに対して、なぜもっとスマートな態度をとれないのか、ということである。必要以上に肩を張ったり、卑下したり、こうした態度がおとなにみられる。やはり島国根性と関係があるのだろうが、これからの青年はこうした態度をすててほしいと思う。

戦後、様々の国のよい美術品や一流の音楽家がやってきた。芸術交歓が行われるのは、何よりも確実な平和の基礎である。しかし、ここでも青年は、自分のたしかな目と耳を養ってほしい。外国の一流品だといえば、見ない前から感心している人がある。つまり精神上の無条件降伏である。たとえ一流の芸術でも、自分の目でみて、納得できないときは、そう言えばいいし、わからないときは、わからないと言えばいい。まちがっていたら、あとで訂正すべきで、一流品なるゆえに、わかったような顔をするのはよくないことだ。文化人にこうした種類の人間が多いのである。

日本はむずかしい国だ。東西両文明の激しい接触点であり、それも急速度なので、いたるところに混乱がある。島国としての自己閉鎖性もあり、独善性にもおちいりやすい。こういう国で心のバランスをとることは容易でない。

しかし私が期待するのは、この独自の混乱によって鍛えられたつよい知性の出現である。おそらく明治以来、類例のない新しい型の知性が発生するのではなかろうか。むろん多くの危険を伴うだろうが、しかし私は激しい実験を課せられ、それを自覚し、それと戦ってゆく青年の知的勇気をみたいのである。

実験国家から理想国へ

いまの日本はどこをみても暗黒面ばかりだ。原子灰と汚職事件と軍事国家への移行と経済不況と兇悪《きょうあく》な犯罪と……こうかぞえてゆくとろくなことがない。戦後十年ぐらいたつと、勝敗にかかわらずいろいろの膿《うみ》がどっと出てくるものらしい。ソ連のベリア事件*なども一種の汚職事件だったのだろう。大正の第一次大戦が終ってちょうど十年目くらいの日本をふりかえってみると、大臣や実業家の疑獄事件がつづいている。併《あわ》せて暗殺がしきりに行われている。原敬《はらたかし》から二・二六事件にいたるまで様々のテロが横行し、同時に軍事国家への急速な移行がみられる。兇悪な犯罪と邪教の発生がこれに伴った。現在は逆コースというが、一体どの辺まで逆行するつもりか。

いまからおよそ千四百年ほど前、つまり欽明朝《きんめいちょう》*の頃まで逆行してみると、大へんよく似ていることがひとつある。朝鮮南端の日本任那《みまな》府《ふ》*が崩壊して、日本はこのとき大陸の拠点を完全に失ってしまった。大陸政策の失敗というが、事実は当時の大氏族《うじぞく》や財閥が互に勢力争いをし、三韓*からもしきりにワイロをとったからで、言わば内部の腐敗が極点に達して国家的危機のどん底におちいったのである。

大氏族中心の「天皇制」の時代だというが、これもすこしちがっていて、事実は当時の先進国であった中国や朝鮮の帰化人が、政治経済文化の中枢を握り、その実際面に強力な手腕をふるったわけで、帰化人なしに当時の政情も文化も考えられない。一種の文化的被占領国であったような感じさえうける。むろん混血児は無数に出来た。帰化人の中には優秀な知的指導者もいたが、野心家も少なくなかった。大氏族連中はいいかげんに翻弄《ほんろう》されていた形跡がある。当時の人には大へんな暗黒時代と思われていたようだ。

こんな大昔の話をいまごろ何故もち出したかというと、民族の生命力と言ったものが、こういう場でいかに鍛えられたかが、私の興味をひくからである。とくに異質的な文化をうけいれられたときに起る熱病のような現象や、政治上の危機の中で呻《うめ》く生命力に私は心ひかれる。

世の中が険悪になって心が不安になるとき、私はいつも二つの方法をとることにしている。ひとつは日本史を読みかえしてみること、もうひとつは生産面の熟練者に接してみること、この二つである。上代から現代までの日本史をふりかえるのは、つまり自分たちは一体どんな人種なのか、その実態を出来るだけさぐって、日本の運命についてすこしでも予感をもちたいためである。未来のための指針を過去に求めることはむろん出来ないし、史上に類似性を求めて今日を判断することも危険だが、民族の実態は在るがままにみておきたいのだ。それに歴史を読んでいると、最低百年単位、ときには千年単位でものを考えるようになるから、気持がやや悠々としてくる。現代に対してコセつかなくなる。固定観念や機械的速断を避けるため私には甚だ役立つのである。

しかし人間の一生は短い。水爆実験*の結果、一歩まちがうと人類の破滅を招くことが実感されたが、そうかと言って徒《いたずら》に絶望して何もしないのは馬鹿げている。仮に水爆や原爆がなくても、人間は必ず死なければならぬ存在で、「死」はいつかは必ずやってくるものだ。必ずやってくるから何もしないというわけにゆくまい。第一毎日働かざるをえないのが人間の大多数である。時代がどうあろうと、隠れたところでせっせと生産に従事し、その点で工夫したり苦心したりしている人々がいるのだ。人間の一生は短いが熟練者のそういう姿に接するとき、私はここにこそ「人間」がいるという感銘をうけるのである。私は生産や創造に密着した地味な「日常性」を尊重したいのだ。つまり千年単位とか百年単位という「歴史の眼」と、死に限定されながら一日を確実に生きて行こうとする「日常の眼」と、この双方を使って事態に対することが必要だと思うのである。だから世の中が不安になると歴史と熟練者に接するのである。

千四百年前と、もうひとつ似ていることがある。それは恐怖観念である。大陸の新文明が入ってきて、様々の技術や思想や医薬が大和地方にひろがったことは結構であったが、同時に天然痘《てんねんとう》も入ってきた。上代史を読んで、当時の人が何に恐怖したかをしらべてみると、氏族の内乱や殺人や天災もむろんだが、それ以上に万人を襲う天然痘であり伝染病であり癩《らい》であったことがわかる。これには手がつけようがなかったのだ。身分をとわず死んでゆくか、さもなければアバタづらになった。

文明というものは元来人間を幸福にする筈《はず》のものだが、文明の進度の功罪を判定するのはむずかしい。或《あ》る黴菌《ばいきん》に対して新薬が発明されると、今度は逆に黴菌の方も強くなるように、いいことだけとはかぎらない。上代人が天然痘に恐怖したことなど、今からみるとおかしいだろうが、現代人が原子灰に恐怖しているのと大差ないのである。今から千年後の人間はやはり我々を笑うだろう。千四百年も前のことを以《もっ》て現代を類推したり、過去の事実から未来を予想するのはむろん危険なことで、歴史に惑わされてはならないが、恐怖観念とかワイロだけは大昔と大差なさそうである。

文明はつねに新しい恐怖を創造するものらしい。同時にそれから眼をそらすための新しい娯楽も生み出すものだ。大昔のことはともかく、二十世紀の文明は明らかに人類最大の恐怖を生み出した、併せてストリップからパチンコにいたるまでの娯楽をも発達させた。あらゆる面からみて二十世紀文明の特徴は、節度の喪失ということにあるらしい。言うまでもなくこれは一種の野蛮状態なのである。

私は「実験国家」という題をつけたが、これは近来しばしば私が使う用語で、こういう意味をふくめたつもりである。一口に言えば日本がいま経過しつつある未来を予想しえない民族変貌《へんぼう》のことである。二千年にわたる東洋あるいは日本固有の伝統と、明治開国以来入ってきたヨーロッパ文明の様々な型態と、この異質的なものの激突と混交、そこからくる全面的でしかも急速な変貌は、世界に類例のない実験ではないか。そういう意味である。

一世紀にもみたないあいだに迫られた驚くべき変貌の実態と、その行方《ゆくえ》を探ることほど興味ぶかいことはあるまい。私は大陸文明をうけいれたときの上代と併せて現代に絶大の興味をもつのである。すべての混乱期がそうであるように、そこには多くの美徳と悪徳がある。日本史上かくも興味ぶかい時代はない。むろんこんなつらい時代はない筈だが、私は現代に生れたことを幸いだと思っている。日本史をみてつくづくそう思う。危険きわまる現代が一番面白い。

日本は東洋で一番早く「近代化」した。他の東洋諸国（とくに中国）に莫大《ばくだい》な犠牲を強いたという拭《ぬぐ》うべからざる悪徳を伴いつつ「文明国」になった。近代資本主義社会において、文明化するということは他国への侵略を伴うことであり、ヨーロッパ「先進国」のっとに範を垂れたところである。この悪徳は敗戦によって一挙に明らかにされた。少なくとも日本にとってこれはいいことであった。しかし日本人は必ずしも萎縮《いしゅく》しなかった。この数年をふりかえってみよう。世界の一流品なら、国籍や民族をとわず喜んで学ぼうという旺盛《おうせい》な知的好奇心はすこしも衰えなかった。皮相で滑稽《こっけい》で、時には卑屈さからくる混乱を伴ってはいるが、東西古今《とうざいここん》のものを貪《むさぼ》るように吸収し、目下のところ不消化ではあるが、とにかく進んで行こうという気持はあるのだ。この点では、もっと激しい混乱におちいってもいいではないか。

東西両文明の急速な接触地点としての日本、東洋の中の奇怪な「西洋」であるところの日本、そのために東洋の中では異分子であるところの日本、――こういう我々の祖国が今後どのようにすすみ、ここから何が生れるか、実に楽しみである。そのための実験中の国家なのである。或《あるい》は民族の生命力は混乱の中に次第に衰弱して、日本は老衰国として果てるかもしれない。水爆禍で消滅するかもしれない、或は混乱に混乱をかさねつつなおねばりづよく生きて、第三の新文明をつくりあげるかもしれない。

未来のことはわからないが、民族の生命力は現代のこの場に実証される以外にないのである。

そう考えるとヤケを起したり、ニヒリスティックになるのはいよいよ馬鹿げている。暗黒面ばかり眼につくのはたしかで、原子灰にしても汚職事件にしても、その真相をただし、抗議することは大切だ。しかし絶望を口にして深刻がってみたところでどうにもならぬ。暗黒面の指摘や抗議がマンネリズムになってもいけない。たとえば雑誌をひらいて、題目の執筆者の名さえみれば、内容は読まなくてもわかるというのでは困る。分析や説明も必要だが、日本全体の運命について創意ある発言がほしい。むずかしいことだが、一番むずかしいところへ事態が来ているだけに私もこの点で努力したい。

私はいかなる善意のもとになされようと、画一性は避けなければならぬと思っている。たとい空想的とか理想的とか言われても、日本全体にわたって、創意ある人々の大胆な発言をのぞみたい。現代における最大の悪徳は、理想精神に対する冷笑ではあるまいか。あらゆる理想精神は実験ずみだと言われる。しかし東洋諸国の中から、それぞれの国情に応じた独創的な政治家が出てきたことを注目しよう。たとえばネールと毛沢東《もうたくとう》である。思想的立場はちがっているが、おそらく現代の世界がもつ最高の政治家にちがいない。そして明確な理想をもっている。日本はむろんそのまま模倣する必要はない。また出来るものでもない。しかし徐々に根づよく、日本固有の理想を育てなければならぬ。私の謂《い》う「実験国家」としての混乱に根ざしつつ、固有の性格を形成してゆく必要がある。

たとえば軍備の問題でも、「既成事実」という言葉でゴマ化されてはならない。既成事実として軍備が着々と進んでいるなら、益々《ますます》無軍備の理想が語られなければならぬ。一辺倒と全体主義的心理を、私は過去の経験にてらして最もおそれるものである。二十世紀後半でも、もし「新しい」と言われることがあるとすれば、無軍備と無血革命と、この二つだけである。その他の面でどんなに新しがってみても、この二つの「新しさ」にはとうてい及ばないのである。日本はそれを実験してみたらいいのだ。水爆の実験で死ぬほどなら、自分の実験で死ぬ方がずっとましだ。先進国、後進国という言葉がある。人殺しの武器をより一層巧みに製造するのが先進国なら、日本はそういう先進国になる必要はない。いま使われている先進国という言葉は、十九世紀的概念で、二十世紀では先に軍備を縮少するか撤廃した国の方が先進国である。印度《インド》は未《いま》だ曾《かつ》て他国に先んじて人殺しの武器をつくったことがないから、ヨーロッパよりも先進国である。こういう点で東洋人はもっと多くの発言をしなければならない筈だと私は思う。

私の考えていることはむろん空想だと笑われるだろうが、「現実」「現実」と言っている人々が、果して「現実的」かどうか甚だ疑わしい。保安隊を増大強化するのが現実的か空想的か、誰も明言は出来ない。日本は「実験国家」なのである。水爆で実験されるのはむろん困るが、二十世紀後半の「理想国」へ、つまり無軍備と無血革命のために、ほんの一歩近づくだけでもいいからそのための構想があっていい。混乱に堪えつつ、民族の生命力を実証すべきこれほどめぐまれた時代はないのだ。人間は死すべきものであるから、その日まで奮励努力すべきである。

第六章　明日に生きる心

新しいタイプへの期待

戦後十年たって、青年男女のあいだから、どんなに新しいタイプが生れつつあるだろうか。これについては、今までも新聞や雑誌でしばしば書かれてきたが「アプレ」という言葉で、一部の青年のゆきすぎた行為だけが、誇張される傾向があったように思う。いつの時代でもそうだが、その時代をほんとうに、背負う大多数の人間は、めだたないものである。縁の下の力もちとなって、黙々として働いているものだ。そういう隠れた人の行為をこそ、注目しなければならないだろう。

かなり以前だが、私は東京のある国鉄機関区へ講演に行ったことがあった。講演が終って帰ろうとするとき「先生、しばらくでした」と声をかけるひとりの青年がいた。私は記憶していなかったが、その一年ほど前、ある私立大学で講演したとき、それを聞いた学生のひとりであることがわかった。彼は国鉄の機関庫につとめ、機関車のかまたきをしながら、その大学の夜間部に通い、今度、めでたく卒業したということであった。

そこで私は大学を出た以上、事務系統の仕事をするか、あるいはもっといい位置につくのだろうと思って、そのことを問いただすと、彼は平気な顔で、「自分は一生、機関車の運転士として働くつもりだ」と答えた。そしてひまがあったら、好きな演劇の勉強でもつづけたいという。そのとき私の念頭に浮んだのは、これこそ新しいタイプではないか、ということであった。今までの常識では、大学卒業はただちに、何らかの意味でのホワイト・カラー階級、つまりサラリーマン等へ就職を意味していた。そこには立身出世主義もあった。しかしこの青年は、自分の現職をそのまま押し通し、労働者として一生すごす覚悟をもっているのである。

最近は定時制（高校夜間部）も発達して、働きつつ学ぶ人が多くなった。私は、ほんのときたま、大工場へ行って講演することがあるが、あとで質問などをきいていると、その内容は大学卒業生とあまり変らない。いわば勤労者の知的レベルが高くなりつつあることに気づくのである。逆に官立大学を出て、うまく就職し、高級社員の位置を約束されたものは、安心しきってマージャンなどにふけり、知的レベルが急速に低下してゆくという話もきいた。今までの意味での「知識階級」の内容に、大きな変化があらわれつつあるのではなかろうか。私はこの点を注目したいのである。

むろん、何事でも大げさに考えてはならない。私の会った国鉄の機関区の青年は、例外的な存在かもしれない。しかしまれであっても、そういうタイプがあらわれたということは大切だし、ひとりでも存在するということは、彼に似た人々が次々と出てくる可能性を示すものではなかろうか。そしてもっとも大切なことは、新しいタイプは「オレこそ新しいタイプだ」といったような顔を決してしないということである。あたりまえの態度で、地味に学び、働いている。さきの青年も、あたりまえのことのように自分を語った。

私は教育にたずさわった事がないので、青年男女に接する機会は少ない。まして働く人々に直接出会う機会はさらに少ないのだが、私の目のとどかないところで、しっかりした若者が必ず育ちつつあると思っている。それは隠れていてみえない。だからこそ尊いのではないか。新しいタイプといえば、何か「風変り」とか「ゆきすぎ」とか「突飛なこと」を連想する人がいるが、これがまちがいのもとだ。外面の挙動や服装で判断してはならない。

むろん他方では、マージャンやマンボにだけ熱狂して、仕事も勉強も顧みない、だらしない青年のいる事も事実だ。東京のような大都会にいると、その方が目だつので、ついそれが現代青年の姿だと決めてしまいやすい。しかし、目だつような風俗や習慣や挙動は、本質的には根底の浅いものである。

私は抵抗力という言葉を使ったが、政治的な意味だけでなく、精神能力としてまず考えてみたい。精神能力とは、そもそも抵抗力のことで、つまり与えられた環境が悪ければ悪いほど、生活条件が不十分であればあるほど、それを乗越えようとする意思力のことだ。すべて自己の前に、困難な障害物を設定するのが、精神というものの本来のすがたである。障害のないところに精神は形成されない。

働きつつ学ぶということは、容易な事ではない。職場で一日働き通し、わずかな給料から授業料を払って、職場からただちに学校へ、そして夜ふけに帰宅して、翌朝また早く起きて職場へ、というこのコースは、よほどの健康と意思にめぐまれなければ出来ない。途中でへたばる人も多いだろうし、よりよい地位をめざして、がんばっている人も少なくあるまい。

しかしこの悪条件の中で鍛えられる何かがあるはずだ。私はそこから新しいタイプが出てくる、新しい知識階級が発生する、と考えたい。大へん困難だし、すべてがうまくゆくとはかぎらないが、私のようになんの苦労もなく学校を出た人間とはまた別のタイプが十年、二十年後の日本にあらわれるだろう。私はそれに期待しているのだ。むろん、世の中のことでも、人間でも、いい面ばかりとはかぎらない。ものごとには必ず悪い反面がある。悪条件の中で抵抗力を失って転落してゆく青年男女もふえるだろう。ヒロポン中毒など、その極端な例だ。

人間はどんな人間でも、楽しみたいという欲望をもっている。娯楽を必要としない人間はいないだろう。戦後の特長のひとつとして、私は娯楽機関と娯楽方法の異常な発達をあげたことがある。同時にそれが、せつな的な、とばく的な性質をもっていることも指摘してきた。こうした娯楽の過剰が、青少年をあやまらせないかと心配している両親たちも多いと思う。

私も自分の子供をみていて、やはり心配になる。娯楽そのものは必要だ。しかし、すべてが娯楽的になりすぎて、面白がらせなければ勉強もしないというふうになっては困るのではないか。すべてを娯楽化してながめようとするか、あるいは気ばらしの時のように、自分の知的努力をできるだけ省略する方向に向かっては危険だ。そういう危険はおとなにも青年にもある。

同時に、今日の青年ほど、上手に楽しむ方法を知っている青年もいないのではないか。様々なレクリエーションにしても、安い費用で休暇を楽しく使おうと工夫している。あるいは職場で雑誌を出して、詩をつくったり、読書会をやったり、またコーラスもなかなか盛んらしい。これはたしかにいいことだ。娯楽の異常発達、その堕落が目だつと、他方では必ず健康なものが生れてくる。実にうまく出来ているものだと、私は感心するのだ。青年には必ず、それだけの抵抗力があることを知らされる。

娯楽は人間教育にとって大切な要素である。野外での集団的な明るい遊びとか、その他さまざまな楽しみの方法を、青年は創造しなければならない。サークルなど、そのための大切な実験の場ではないか。そして、そこからも新しいタイプが出てくるのではなかろうか。

戦争中は「健全娯楽」という言葉がしばしば使われた。国民を絶えず緊張させ、興奮させておくために、政府は娯楽に対してきびしい取締りを開始した一時期がある。ダンスもマージャンもレビューも禁止された。しかし、官製の「健全娯楽」の特長は人々をすこしも楽しませないという点にある。いわば圧迫や弾圧で看視しながら楽しめということで、面白くないのは当然だ。

現代の娯楽には、さきに述べたように、たくさんのゆきすぎがある。風俗も乱れている。だからといって政府が取締るのは危険だし、また政府が天下《あまくだ》り式に別の娯楽をすすめたところで成功するものではない。

国民の自発的な判断と節度に気長く待つ以外にない。それが民主主義だ。民主主義とは何よりも忍耐の必要なものだ。現代社会には実に多くの毒素があるが、毒素のあるところ、さきの抵抗力も生ずる。混乱はつづくだろうが、私は混乱の中で鍛えられた青年のしっかりした姿をみたいのである。混乱の外ではなく、そのもののうちで苦闘するところから、新しいタイプが生れるだろう。むろんこれは娯楽にかぎったことではない。

新しい時代は若い声から

毎年春になると、大和《やまと》地方や京都へ、全国からものすごい修学旅行団が集まる。一般の観光客も多い。私たちの若いころをふりかえっても、友人といっしょの旅行の思い出ほどたのしいものはなかった。いまでも私はしばしば大和や京都へ行くが、勤労者の集団旅行制といったものが確立されないかということを、いつも考える。

この地方に近い会社や工場では、休日に各人が自由に出かけられるだろうが、私の言いたいのは、全国の会社や工場が、一年に一度は、経営者の負担で修学旅行といったものを行なっていいではないかということである。夢のような話かもしれないが、失業対策とか社会保障を考えると同時に、未来を明るくするような、こうした制度の発達をのぞみたいのである。

こんなことを言い出したのは一般勤労青年の芸術への関心が今日ほど高まった時期はないように思うからだ。むろん不十分な点はいくらでもあろうが、文学、詩、絵画、音楽、映画などを、見たりきいたり、自分でもつくったり歌ったりする集りが全国的に増大してきているのは事実である。

貧しさと激しい労働のあいだからでも、喜びを創造しようというのは青年の活力の第一のあらわれである。この巨大なエネルギーを無視して、これからの芸術は考えられないのではないか。少なくとも戦前と比べたら、勤労者の美への愛は実に高まっていると思う。

サークルを色めがねでみる人もあるが、私はそうは思わない。働きつつ詩をつくり、合唱し、絵を描く青年が事実上増大したのである。

同時に、それがよりよきもの、世界一流の芸術を学びとろうとする意欲となってあらわれることもみのがせない。日本だけにかぎっても、その古典や古美術が、勤労者のサークルでとりあげられたら、今までとはまたちがった評価や発見があるのではないかと思う。むずかしいのは当然だが、そこまでの期待を抱かせるものがある。

各国の勤労青年の交換旅行ものぞましい。大へんな費用を要するだろうが、たとえばイタリアの働く青年が奈良を訪れ、日本の働く青年がローマを訪れる。それがあたりまえのことのようになる日がこなければウソだと思う。そういう世界と時代を、青年は夢みてもいいのではないか。

ところで美への愛と一口でいうが、その実際の訓練となると大変である。さまざまの職場で、たのしみにやることは結構だが、私の心配なのは、近ごろやたらに入門書や解説書が出て、説明ばかり発達していることである。

たとえば、日本の小説を読むときも、その作家がどんな流派にぞくし、どういう傾向をもっているか、頭の中だけで一応承知しながら、実際の作品にふれていない場合がある。古美術もそうで、奈良へ行く修学旅行の学生は、あらかじめさまざまの解説を読んでいくらしいが、私の心配なのは、そのために「自分の目」「自分の判断」を失いはしないかという事である。換言すれば、感じ方や受けいれ方が画一性を帯びている事である。

どんな芸術でも、ある程度の予備知識や説明は必要だ。しかしそれに満足してはならない。自分で直接読んだり、見たりして、対象にひきずりまわされることが大切である。たとえば夏目《なつめ》漱石《そうせき》の小説なら、今日では定評があるが、自分で、実際に読むと、定評どおりにゆかない場合がある。

みんながほめていても、つまらないと思うこともあるし、また自分が感動しても、それを適当にいいあらわすことが出来ない場合もある。

そういうとき、自分には文学はわからないと決めてしまう人がある。ある音楽をきいて、大変すばらしいと思っても、なぜすばらしいのか説明出来ないとき、自分には音楽がわからないと思いこんでしまう。しかしこれはまちがいだ。

どんな人間でも、心に深い感動をうけたときは、それを適当に言葉として表現出来ないものである。すべて一流の美は、そういう性質をもっていて、私たちに沈黙を迫る。美への愛とは、この沈黙への愛だとさえいってもよい。

だからほんとうの理解とは、口に出してうまく言えるかどうかということだけではない。説明が上手だからといって、理解しているとはかぎらない。心の底ふかくおさめておいて、つまりは沈黙のうちに、うなずく場合だってある。

そしてこの沈黙の肯定が一番深いのではないか。すぐれた作品はこれによって支持されてきているのである。批評家とは何よりもまず、この沈黙の代弁者でなければならない。そしてそれに適当な表現を与える事で、読者の心を代弁するものでなければならない。

こうした意味での「批評家」はだれの心の中にも住んでいるはずだ。

批評家がわるいといわれるときは、あれこれの知識で言葉の上でだけ巧みに説明しながら、説明しきれない部分、つまり沈黙せざるをえない部分に対して盲目であるときである。饒舌《じょうぜつ》な批評家——批評家とはたいてい饒舌なものだが——それですべて割りきったように思うのが危険なのだ。

美の鑑賞は恋愛感情に似ている。なぜ好きかと問われても、恋人は説明することは出来ない。たとえ説明しても、必ず説明しきれない部分があるだろう。それを深く感じているからこそ、愛で、美への愛もそれと同じことだ、職場のサークルなどで芸術鑑賞のとき、さまざまの議論が出るのは結構だ。とくに読書サークルの場合など、質問応答や論争が活発でなければ元気が出てこない。それは大切なことだが同時に沈黙の部分にデリケートでなければ、せっかくの愛情を殺してしまう場合がある。議論の下手な人の心を十分にくまなければならない。

私は「うたごえ運動」*について、自分なりに注目してきた。といって私はそれに参加しているわけでなく、むろん自分で歌えるわけではない。私の注目したいのは、職場の中から、集団を背景にして、新しい詩人と作曲家が現われないかという点である。ないしは逆に若い詩人や作曲家が、この集団性に自覚して、そこから新しい芸術の分野がひらけないかという点である。

私はさまざまの芸術にふれてみて、結局、音楽の力にかなわないと思うことがしばしばある。小説も絵画も彫刻も、それぞれの面白さはあるが、音楽のもつ直接的な魅力には及ばないのではないか。すべての芸術は、音楽の状態に向かってあこがれるという言葉さえある。そして音楽の世界は、もっとも説明から遠い世界であり、それだけ「言葉」の微妙を自覚させられる世界でもある。

こんなことをいうのは、全国の青年男女のほとんど大多数が、音楽に関心をもっているように思われるからだ。またサークルで詩をつくっている人も実に多い。むろん下手なのが多いが、ここから何か新しい分野がひらけそうに思われてならないのだ。いわゆる「新しい詩」のもつ独善性や誇張をしりぞけて、皆の口から口へと朗読されるような、声に出して歌えるような詩の発生を促すであろうと期待しているのだ。それにいい作曲が伴ったとき、一番健康なかたちで「詩」が民衆のものとなるのではないか。

歴史をみると明らかだが、民族が大きく変化して、新しい時代を迎えるときは、必ず、まずいい詩人があらわれるものである。それは言葉の改革者であり、またその時代の民族の感情の代弁者でもある。そういう自覚を、詩をつくらない青年も抱いてほしいのだ。なぜなら「若い声」こそその母胎であるからだ。

若さに期待するもの

若さに期待するもの、という題をつけてみた。現代に即してそれを考えたとき、何を第一にあげたらいいだろうか。人によって様々ちがうと思うが、私は永続する困難の設定ということが真っ先に頭に浮んできた。たとえばスポーツの訓練のとき、わざと障害物を設けることがある。とくべつ困難な状態をつくりあげて、その中で自己を鍛えるわけだが、精神の訓練のときも、同じことが言えるのではなかろうか。

現代は「トラの巻」の時代である。私も学生のころ、ご厄介になったことがあるが、いまではあらゆる部門に発達して、なるべく労力を払わずに対象を手に入れようという安易な方法として普及している。入学試験「トラの巻」就職試験「トラの巻」からクイズの「トラの巻」もある。その性格を一言でいうなら賭博性《とばくせい》だといっていいのではあるまいか。当るか当らないか、とにかく短時間で効果をあげるための手引である。社会不安がそうさせたに違いないが「若さ」にとって実はこれほど危険なものはない。

青年時代に一番大切なことは、いつまでたっても解決できないような、途方にくれるような難題を、自己の前に設定することではなかろうか。たとえば現代社会の改革の方向はいかにあるべきか、といった問題をとりあげただけでも、様々の議論があって迷ってしまう。その迷いをゴマ化さずに、壮年期までもちこたえてゆかなければならない。どんな難題でもいい。それを一つだけ担《にな》うことだ。重荷のように背負うことだ。これが青春形成の基本条件で、ただ、年齢が若いというだけでは青春の誇りにはならない。

たとえば読書でもよい。私は高校や大学へ入学する学生、あるいは社会へ出て働く青年、そういう人に向かっていつも「読書三年計画」をすすめてきた。様々の本を乱読してもいいが、これぞと思った一人の著作者——古今東西をとわず——その人の全集を三年がかりで読み通す計画である。三年かかって、例えば、トルストイを読み終ったとしたならば、それだけで大変なことだ。知的に持続するエネルギーがここで初めて養われる。働く人には困難だが、一冊の本でもいい、なるべくどえらいヤツを選んで、毎日一ページずつ、考えながら読むこと。平凡なことかも知れないが、こうした習慣を青年時代に身につけておくことは絶対に必要だと思う。青春は夢なのではない。現実的な、一刻も争えない人間土台構築の時期なのだ。

次に、こんなふうに勉強してゆくと、とかくひとりぼっちになりやすい。何か考えたり悩んだりしても、だれも相手にしてくれないと訴える青年がよくある。
たとえば、自分は原水爆に反対だと思っても、地方の寂しい農村とか特別の職場などで、それを言い出せないことがある。改革したいことがあっても、周囲があまりに無関心で張り合いのないことがある。

そのときその人はこんなふうに思う。自分ひとりだけが出しゃばって、何を言ってみてもはじまらない。ただひとりでがん張ったって、どうにもならないと、そして、結局沈黙して、周囲に順応してしまう。ただひとりでは何事もできないのはたしかだ。しかし「ただひとり」だからと言ってやめてしまうのと「ただひとり」でも、自分の考えは持ちつづけようというのと、どっちがいいだろうか。

こんなことを言うのは、環境や職場の性質によって、孤立を余儀なくされている青年が意外に多いからである。たとえ大きな職場でも組織力の弱いところや、何か最初に始めようというときは「ただひとり」という気分を味わうことが多いのではないか。そのとき「ただひとり」だからと言って中止したら、それは一粒の麦を枯らすことではないか。

人間の心の中には自分は「ただひとり」だといった要素があるものだ。だれでもそれをもっている。だから自分とは別の場所にも、やはり「ただひとり」だと思っている人間がいるのだと考える必要がある。「ただひとり」なのは自分だけではないのだ。そして、この「ただひとり」と「ただひとり」がめぐりあうと「ただふたり」になる。さらにめぐりあうと「ただ三人」になる。友情とはこういうものだ。真の結合とはこういうものだ。若さにとって第二に大切なのは、「ただひとり」と思いこんでいる人間どうしの出会いではなかろうか。

私は人生論風の友情としてのみこれを言うのではない。すべて「組織」の根本になくてはならない要素としてあげたいのである。様々の地域や職場に、いまサークルが続出している。それぞれに好きなことをめぐって、一か月に一度ぐらい集まって、楽しく談笑したり勉強したりしているが、その中に、かつて「ただひとり」であったときの気持が生きていなければならないと思うのである。

孤独に甘えてはならないが、孤独だったからこそ、いま多くの「友」とむすびつき得たというその喜びを思い出す必要があろう。同時に「ただひとり」の時のように、思いつめた自分の考えを、うちあけることだ

「組織」というと、すぐ何か堅苦しく大げさなものを考えやすい。「委員長」とか「役員」とか「責任者」とかいって、ものものしくなりやすい。組織が大きくなるにつれてそれは必要なことだが、その反面に、何となく空々しくなって、役員が浮き上

がってしまう場合がよくある。組織体の真のむずかしさはここにあるわけで、そのとき私は、サークルをつくりはじめたころの友情を、思い出してほしいと思うのだ。友情感を失わない組織がもしあったとしたならば、組織としてこれほど強いものはあるまい。「ただひとり」の思い出を忘れないで、しかも集団的にむすびつくそういう経験を、どんな形ででもいいから持つことを、私は若さに期待したい。

次に、これは青年だけではないが、私たち日本人に欠けているのは、社会生活におけるユーモアではなかろうか。個々人の集りか、家族の中ではなかなかユーモラスな人もいるが、いったん何かの会合へ出たり、ひろく社会生活を営むとき、たちまちへんに堅苦しくなったり、ケンカ早くなる人が多い。

ラジオの街頭録音などでしばしば聞くことだ。おとなの会合に出てみても宴会などは別として、柔らかく笑いのある集りなどめったにない。真剣なのはいいことだ。しかし、真剣さが、もし生硬さをもたらしたらどうだろうか。取扱うものの生命は失われるだろう。

座談会の記事など読んでいると、時々「笑い」という言葉が記入してある。何がおかしいのかよくわからないときでも、「笑い」とあると、その前後の議論も何となく柔らかくみえてくる。仲間どうしの集りとかサークルでは笑いがよく起るだろうが、たとえば、組合の大会とか、とくに国会での代議士の討論などきいていると、ユーモアなど全然ない。

大声をはりあげて机をたたいたり、下品なヤジをとばしたり、ケンカしたり、そういう場面は多いが、思わず人々を微笑させるような、巧みな表現にかけては、私たちは公共の場へ出るほど下手ではなかろうか。

もっともユーモアは大変むずかしいものだ。わざとふざけてみせたり、ユーモアを意識しすぎると逆効果になって、いやな感じを与える。漫才ならいいが漫才風の演説は困る。自然のユーモアにお目にかかることは実に少ない。

私はユーモアというものは、その根本に奉仕の精神があるものだと思う。つまり、人々のために何か親切をつくし、人々を喜ばせようという、それは愛情とか奉仕ぶりを押しつけるほどいやな事はないが、何げなく人々を楽しませたいという気持があれば、そこから自然にユーモアがわくのではなかろうか。

もうひとつは、抽象的な観念的な考えからはユーモアは出てこない。ユーモアとは必ず具体的なもので、いわば、自分が痛切に感じたり、思想の場合なら、よく消化されたときにのみ、ふとにじみ出るものである。むろん青年にこうしたことを望むのは無理かも知れないが、今までのおとなにあまりにも欠けていることなので、私は新しい世代に期待したいのだ。
日本人の社会生活におけるユーモアの研究――これは大切な課題ではなかろうか。
民主主義の発達を、この面から考えてゆくのも興味ぶかいことではなかろうか。

後記

青春について語ることは大へんむずかしいものだ。なぜならあらゆる可能性をはらんだ混沌《こんとん》の生命だからである。人間にとって切実な問題が、疑問のかたちで集中的にあらわれてくるのもこの時期だが、そこにはむろん解決はない。生涯を通して、生きることでその問題に直面し、経験をかさねてゆく以外にない。しかし解決の出来ないような難問を背負うことこそ青春の特権であり、誇りであると言っていいだろう。

青春が第二の誕生日と言われるのは、自発的にものを考えはじめる時期であるからだが、考えることによって、人間ははじめて人間になる。つまり精神年齢が始まるわけで、その意味で第二の誕生日なのである。

私は戦後十年間ほど、機会さえあれば、青年の直面しそうな問題をとりあげて書いてきた。それは青年に教えるというよりは、私自身の過去の青春をたしかめるとともに、その時期からになってきた問題を改めて思い起し、自分のうちの青春の連続をもたしかめてみたかったからである。時代は大きく変り、世代によってものの考え方も感じ方もちがってくるのは当然だが、他方では、いつの時代にも永続する問題もあるにちがいない。それについて語ってみたかった。

一九五六年、私は週刊読売の「若い河」という欄に、青年の問題だけをとりあげて連載したが、それを中心に、この前後にかいたものをいまのような観点からまとめたのが本書である。はじめ青春出版社に編集を依頼し、「現代青春論」と題して出版した。現在も出版されているが、同時に今回この角川文庫にも入れることになった。同文庫の「愛の無常について」「恋愛論」とともに私の青春もの三部作と言っていいだろう。

角川文庫に入れるに際し、青春出版社が心よく承諾してくれたことを感謝するとともに、改めて編集その他について尽力した角川真弓さんにも御礼申したい。

昭和三十七年秋

著　者

注解

*九《ページ》　桎梏　足かせと手かせ。転じて、人の自由を制限し束縛するものの意。

*一〇　耶蘇　イエス・キリスト。ラテン語の Jesus の中国音訳語「耶蘇」の音読み。

*一八　レビュー　音楽、舞踏、寸劇、曲芸などの多様な表現からなる舞台芸能。日本では宝塚歌劇団、松竹歌劇団などの上演で知られる。

*三一　アプレ　フランス語で戦後を意味するアプレゲール（après-guerre）の略。日本では、第二次世界大戦後に現れた、道徳や既存の価値観に従わない新しい世代の若者を指す言葉として用いられた。

*四三　孔孟　儒教の原点を築いた孔子と孟子のこと。仁、義、礼、智、信などの徳

目に基づく儒学的思想を提唱した。

＊五九　鳩山一郎、緒方竹虎、河上丈太郎、鈴木茂三郎の四氏　それぞれ、日本の政治家。鳩山は一八八三年生まれ、第五十二・五十三・五十四代内閣総理大臣。緒方は一八八八年生まれ、内閣官房長官、副総理、自由党総裁などを歴任。河上は一八八九年生まれ、右派社会党委員長、日本社会党委員長などを務めた。鈴木は一八九三年生まれ、第二代日本社会党委員長。

＊六六　クロイツァー教授　レオニード・クロイツァー。一八八四年、ロシア生まれのピアニスト。東京音楽学校教授として数多くの後進を育てた。「一九五四年亡くなった」とあるのは五三年没の誤りか。

＊七三　空想的社会主義　近代的な社会主義の起源にあった思想を指す言葉。シャルル・フーリエ、アンリ・ド・サン＝シモン、ロバート・オーウェンに代表される。

科学的社会主義　歴史・社会構造の科学的分析に基づいて、社会主義社会への移行は歴史的必然であると主張する思想。カール・マルクスとフリードリヒ・エンゲルスによって提唱された。

＊七六　職能代表　国民の代表を各種職能団体から選出する代議制度。ワイマール憲法下のドイツの国家経済議会や、第二次大戦後のフランスの経済社会評議会などの例がある。

＊七七　ネールとかチトーとか毛沢東　ジャワハルラール・ネール（ネルーとも発音される）はインド独立運動の指導者で、インドの初代首相。ヨシップ＝ブロズ・チトーはユーゴスラビアの初代大統領。一九五三年の就任から一九八〇年の死去まで独裁者として大統領の座にとどまりつづけた。毛沢東は中華人民共和国の建国者。一九六六年、文化大革命により独裁者としての地位を築き上げ、国家主席として新中国の建設を指導した。

＊八八　漢意　体面や理屈を重んじる中国的なものの考え方。日本的なものの考え方

であるとされる「やまとごころ」との対比のために、近世の国学者が批判的に提唱した概念。

＊九九　ヴェルテル、レーヴィン、スタヴローギン　ヴェルテルはゲーテの『若きウェルテルの悩み』の主人公。レーヴィンはトルストイの『アンナ・カレーニナ』の主人公。スタヴローギンはドストエフスキーの『悪霊』の主人公。

＊一〇三　タッソオ　トルクァート・タッソ。一六世紀イタリアの叙事詩人。ゲーテの戯曲『タッソー』のモデルとなったことで知られる。

＊一一一　『チャタレイ夫人の恋人』　一九二八年に発表された、イギリスの小説家D・H・ローレンスの小説。文学者の伊藤整による翻訳書が猥褻文書として摘発され、表現の自由の問題をめぐって裁判が争われた。

＊一一二　ベリア事件　ラヴレンチー・パーヴロヴィチ・ベリアは、スターリン体制のもとで粛正を主導したソビエト連邦の政治家。スターリンの死後、一九五三

年に失脚し同年十二月に死刑判決を下された。ベリア事件はこの失脚を指す。

欽明朝　第二十九代天皇である欽明天皇の在位期。

日本任那府　任那《みまな》日本府《にほんふ》のこと。古代朝鮮半島南部の任那にあったとされる倭国の出先機関。欽明天皇の時代に、倭国と同盟関係にあった百済が新羅に征服された際に消滅したといわれる。

三韓　一世紀から五世紀にかけて、朝鮮半島南部に存在した部族とその地域。言語や風俗を異にする馬韓・弁韓・辰韓からなる。

＊一二四

水爆実験　アメリカ合衆国がマーシャル諸島のビキニ環礁で一九四六年から一九五八年にかけて行った一連の実験。一九五四年に行われた実験の際には、日本のマグロ漁船・第五福竜丸が被爆。日本での反核運動のきっかけとなった。

＊一四三 うたごえ運動 一九四〇年代末に提唱された、合唱を中心とする音楽を通じた社会運動。五〇年代には原水爆禁止運動と結びつき、歌声喫茶などを拠点として全国的な運動へと展開していった。

初出

青春とははじめて秘密を持つ日　一九五〇年一月
人生の目的とは何か　一九四八年八月
おとなと青年　一九五五年十二月
恋愛は失恋と別離を含む　一九五六年八月
愛と孤独　一九五一年九月
愛を生む怒り　一九五六年六月
人間愛を育てる集り　一九五六年五月
現実の奴隷になってはならない　一九五六年一月

ユートピアを語ろう　一九五六年七月
軽信の時代と精神の健康　一九五六年一月
モラルの探求　一九四九年一月
神聖と獣性のたたかい　一九五六年二月
自己の自由を守る精神　一九五六年四月
島国の悲しさ　一九五五年十月
実験国家から理想国へ　一九五四年八月
新しいタイプへの期待　一九五五年九月
新しい時代は若い声から　一九五六年三月
若さに期待するもの　一九五六年八月

解説　甦りの物語

池内　紀

亀井勝一郎の『青春論』は、まず昭和三十二年（一九五七）、単行本として出た。そのときのタイトルは『現代青春論』だった。昭和三十七年（一九六二）、角川文庫に入る際、『青春論』にあらためられた。いま手元にあるのは昭和六十年（一九八五）六月発行のものだが、五十三刷をかぞえている。作者の死は昭和四十一年（一九六六）であって、死後二十年ちかくたっても、着実に読まれつづけていたことが見てとれる。

ごくささやかな著書である。当時の文庫版では約一二〇ページ。文庫化のときの「後記」にあるとおり、戦後十年あまり、機会あるごとに「青年の直面しそうな問題」をとりあげて書いていた。その後、週刊誌の「若い河」という欄に、「青年の問題」だけをとりあげて連載した。その連載分を中心にして、それまでに書いたものを合わせ、構成して薄い一冊ができた。

全六章立て、各章に各三篇。第二章と第五章が四篇、二篇のつくりなのは、三篇立てがつづく単調に変化を与えるためだろう。計十八篇が長短まちまちなのは、機会に応じて書いたからで、タイトルもそれぞれ、応じた役割に即している。十八篇そのものは雑然としていて、とりとめがない。それが多くの読者を見出し、着実に読み継がれたのは、構成の力だったと思われる。キーワードと方向性が与えられ、雑然とした十数篇が、にわかに姿を変えたぐあいだ。

六つの章名は、すべて「心」で結んである。その上に名詞と動詞で修飾するかたち。名詞は順に青春、愛、理想、モラル、日本、明日。動詞は、生きる、求める、みつめるの三種だが、生きる・生きる、求める・求める、みつめる、生きるの配置になっている。配置はおのずと方向性をもち、生きる→求める→みつめる→生きると進行して、目に見えない矢印に六つのキーワードが含みこまれ、あざやかに「心」の一語で結ばれる。

章名にある名詞は、とりわけ戦後十年あまりに熱っぽく語られたテーマだった。食うや食わずの貧しい暮らしのなか、学校や職場で、往来で、山で、喫茶店で、下宿で、安アパートで……、いたるところで青春や愛や理想が語られた。それが旧来のモラルと衝突したり、日本、また明日に及んで議論になった。亀井勝一郎の『青春論』は、ぴったり時代のテーマに応じ、世の動向をとらえていた。それらを要約し、意味づけ、方向づけた。おのずと著者のそなえていたこの上なく正確な時代感覚を示している。

しかし、もしそれだけならば、原寸大の時代の本であって、時代の変化とともに消えていったはずである。世にあらわれる大半の本と同じで、ほんのいっとき話題になり、書店の棚をいろどって、季節がかわるとあとかたもない。

しかし亀井勝一郎の『青春論』は、そのようにはならなかった。作者の死後にも刷をかさね、読み継がれ、さらに新版として甦る。すべての点で時代の本としてあらわれ、語られたところは時代の必要に応じていたにもかかわらず、しかしながら時代の本の運命はたどらなかった。どうしてこのようなフシギが生じたのだろう？

もしかするとそれは、語られたこと以上に、語られなかったことがかかわっていたのではあるまいか。喉元までこみあげていたのに、作者が厳しく抑えたもの。青春論の素材として、もっともふさわしいものを身におびながら、みずからで封印した。同世代の誰もがわれ勝ちに語るなかで、そっと口をつぐんだ。みずから選びとったモラルでもって一貫させた。

読者を絶やさず読み継がれたのは、その封印と沈黙が大きくあずかっていたのではなかろうか。時計の指針が時を指すのは、歯車があってのことである。無数の歯車が刻々と動いて時を刻んでいく。歯車自体は背後に隠されていて、人の目にふれない。ちょうどそのように、ここには語られた背後に語られなかったメカニズムがあって、それがチクタクと青春の指針を動かしている。

亀井勝一郎は、明治四〇年（一九〇七）、函館に生まれた。父は函館貯蓄銀行支配人。家は函館の山の手にあたる元町にあった。当人が「東海の小島の思い出」と題したエッセイのなかで、くわしく故郷について述べている。

先祖をたどると、加賀の能登地方からやって来た。北海道に渡って、自分の代で百年にもなり、若くして死んだ世代もいれて数えると、自分はちょうど六代目。「菊五郎と同じ」だという。荒磯に小屋をつくって漁師などから始めた者が、しだいに頭角をあらわして網元になり、土地を手に入れ、四代以後は町の山の手にうつり、地主となって家作をふやし、父の代で銀行家に収まった。

「私は家を捨てて文士となった。産もいまは傾いて、釣竿一本から筆一本に変ってしまった。祖先は魚を釣り、私は魂を釣る。わずか百年の間である。感無量たらざるをえない」

回想につきものの望郷の思いのあふれた故郷ではなく、いたって皮肉な書き方である。ひねくれた述べ方といってもいい。身一つでやってきた渡来者が、街きってのブルジョワに成り上がったことをテレている。恥じている。そのブルジョワの御曹子である自分であれば、羞恥と皮肉なしには語れない。

誰かとよく似ていないか。太宰治である。津軽海峡をはさみ、函館と向き合った半島の豪農の家に生まれた。こちらは明治四十二年（一九〇九）であって、二つ若い。太宰治もまた故郷金木を語るとき、皮肉な書き方をした。ひねくれた語り口をとった。急に「菊五郎と同じ」といった語法に転じたり、ペンの仕事を魚ならぬ魂釣りに見立てたりした。

ともあれ幼いころの思い出を通して、港町函館の特徴がよくわかる。山の手の元町には、少なからず外国人が住んでいた。

「私の子供の頃に接した外国人だけでも、アメリカ、イギリス、フランス、ロシア、それに中国の人々がかぞえられる」

すぐ隣はフランス人神父のいるローマ・カトリック教会だった。その隣はロシア・ハリストス正教会、その前はイギリス系の聖公会。やや坂を下ったところにはアメリカ系のメソジスト教会、さらに東本願寺別院、高台に船魂神社が祀られていて、中国領事館は道教の廟堂を兼ねていた。明治の到来とともに発展を始めた港町には、商人に先立って、宗教者がやってきた。よそ者に負けてはならじとホトケさま、カミさまが参入、独特のインターナショナルな空気をもつ宗教複合エリアが誕生した。

「私は小学校へ入る前年から、メソジスト派のミッションスクールが経営する日曜学校へ通った」

ブルジョワの子供には、その種の日曜学校が欠かせない。そこのミス・ドレーパルという婦人宣教師に可愛がられた。アメリカ人には勝一郎が言いにくく、「カッ、イッチロ、サン」と呼ばれていた。

津軽海峡に面した函館山の突端を立待岬《たちまちざき》といって、函館の少年たちには水練の場だった。岩のあいだには昆布や海草が生えていて、泳ぎつつ、その「ぬらぬらした感触」を肌で感じた。一種の性的快感であって、「波との戯れは、少年にはじめて訪れるエピキュールの園の快楽ともいえるだろうか」

エッセイのタイトル「東海の小島の思い出」は、石川啄木の有名な歌、「東海の小島の磯の白砂に／われ泣きぬれて／蟹とたはむる」にちなんでいる。啄木は北海道流浪のころ、しばらく函館にいた。その海辺をモデルにつくったといわれ、立待岬の墓碑に三行分かちで「東海の小島」の歌が刻まれている。碑の裏側には啄木の手紙の一節で、自分が死ぬときは函館で死にたいといった意味のくだりが添えてあった。

亀井勝一郎はそんな碑のことを語ったあと、言葉を継いでいく。岩手人啄木には函館は異郷であって、夢の国だったのだろうが、自分は函館で死のうなどと一度も思ったことはない。

「私自身はどちらかといえば故郷を憎悪していた。青春の悔恨があるからであろう。故郷は青春の墓場である」

「函館八景」と題したべつの思い出に、「ホワイトハウスの緑蔭」が出てくる。勝一郎少年が通っていた旧制中学は郊外の丘にあり、牧場をはさんでメソジスト派のミッションスクールがあった。その白い建物を中学生たちは「ホワイトハウス」と呼んでいた。はじめはミッションスクールの女学生を、「何か神秘なもの」でも見るようにながめている。学年がすすむと、にやにやしながら意味ありげにホワイトハウスと口にした。「つまりそれが恋愛のはじまりの合図だったのである」

郊外の畑には馬鈴薯が植わっていて、季節がくると白い花を咲かせた。隣合って咲いている鈴蘭よりも、馬鈴薯の花に惹かれたという。箱入娘のような鈴蘭よりも、馬鈴薯の花は粗野なようにみえて粗野でなく、健康美といったものをそなえている。その厚ぼったい花弁は、「健康な女の耳たぼ」のような感じがした。「みせるためでない花の、隠れた美しさを私は好んだ」

どれといわず『青春論』に打ってつけのエピソードではあるまいか。函館の高台に誕生したインターナショナルな文化圏は、近代日本の青春期が生み出した美しい別天地というものだろう。そこで過ごした少年期は青春前期にあたり、「はじめて秘密を持つ日」を印象深くしるしづける。性的快感のはじまりの海、そして「ホワイトハウスの緑蔭」は、必ずや恋愛が「失恋と別離を含む」ことを教えただろう。鈴蘭よりも馬鈴薯の白い花は、そのまま章の一つに収まってもおかしくない。

だが、亀井勝一郎は、回想をきれいさっぱり、自分の論からは閉め出しにした。誰もが自分の青春を語って、甘ずっぱい記憶を語ろうとするなかで、過去はかたく封印した。まるで一切がなかったことのように扱った。啄木の歌で急に「故郷を憎悪していた」といわれて、エッセイの読者はあっけにとられたことだろう。それがなぜ「青春の悔恨」につながり、どうして「故郷が青春の墓場」なのか。文章の突然の転調をいぶかしんだにちがいない。そこには色濃くもう一つの「沈黙」が介在している。

亀井勝一郎の経歴には、旧制山形高校から東大文学部に進んだくだりに、「マルクス主義芸術研究会」に入った旨の記述がある。さらに「新人会」に入会とある。当時、理想をいだいた青年の多くがたどった人生の道筋であって、高校時代の左傾化、大学に進んでの左翼活動、検挙、投獄、転向を誓っての釈放――。

『昭和史全記録』(毎日新聞社)の昭和九年(一九三四)の一つの項に「転向文学の出現」がとりあげてある。昭和七年(一九三二)の五・一五事件のあと、弾圧が一段と厳しくなり、プロレタリア文学は潰滅。それにともない左翼思想からの転向があいつぎ、転向の事情を告白して「内面の苦渋を描く〝転向文学〟」があらわれた。村山知義の「白夜」、窪川鶴次郎の「風雲」、徳永直の「冬枯れ」、中野重治の「村の家」。小説に託された以外にも、評論として佐野学「所謂転向について」、杉山平助「転向の流行について」があげてある。そして亀井勝一郎の場合はデビュー作の形をとった。『転形期の文学』である。自分の生きる時代を「転形期」と規定して、そののちに転向を声明した。二十七歳だった。

この点でもまた太宰治とよく似ている。「富める者の子息」を罪のようにみなして左翼運動にかかわり、投獄ののちに転向を誓約して出獄。いわばいま一度の罪科と引きかえに当局の監視つきの自由を得た。人間の精神がいかに弱いものであるかを、わが身でもってしたたかに体験した。

ただ太宰治と亀井勝一郎の似通っていたのは、ここまでである。以後は二つの放物線が別個の軌跡を描いていく。太宰治はみずからの罪科に追われるようにして七転八倒、心中沙汰をくり返し、ようやくかちえたささやかな平安を足場につぎつぎと代表作を書きのこした。国中が愛国主義に走り込むなか太宰治は冷静にさめていた。

亀井勝一郎は保田與重郎らの「日本浪曼派」に加わり、近代の否定、日本回帰、超国家主義へと傾いていく。好むと好まざるとにかかわらずナショナリズムを鼓吹し、戦争協力の同調者となっていった。自己救済の道を求めて仏教に帰依、浄土真宗の信徒を表明。奈良を旅して『大和古寺風物誌』を発表。戦後の論壇で活躍するなかで、しばしば「変節」を批判された。故郷函館を語ったのは昭和二十二年（一九四七）のことであって、突然の「青春の悔恨」「青春の墓場」の転調には、転向以後の揺れと変動がかかわっていた。

まさに『青春論』には、願ってもない素材だったのではなかろうか。富者の特権を恥じた青春は「青春を生きる心」そのままだろう。左翼活動の実践と投獄は「人生の目的とは何か」を絵解きしたかのようである。自分は精神力の強い人間と思っていたのに、気がつくと落とし穴に落としこむような人生の悪意に翻弄されていた。自我はえてして当の自分にも説明のつかぬ行動をとる。若さのもつ危うさと脆《もろ》さ。理想とその実践に入ってまもなく、国家という巨大な権力に打ちすえられた――。

ふたたび一切を封印した。自分を素材とするかぎり、知らずしらずのうちに自己詐術を加えて過去を変造するだろう。「自己をみつめる心」に照らして、さりげなく封印と沈黙のモラルを選びとった。

「人間は一生の間に、幾たびも生れ変らねばならぬものである」

出だしの一行からして、語られなかったことを背景にするとき、大きく意味がちがってくる。「幾たびも生れ変る」を、作者には血を吐く思いで体験した。奸計に打ちすえられるようにして現実認識を修正した。

「精神は精神であるために、いつかは家を破る」

「秘めごと」をもつことこそ、「破った証拠」だというのだが、これを述べるとき、家は生まれ落ちた家だけにかぎらなかった。それかあらぬか、つづいて突然の転調がある。聖書の「マタイ伝」第十章が引用される。「我地にて平和を投ぜんために来れりと思うな。平和にあらず、反って剣を投ぜんために来れり」。

思想的転向は、もっともゴマ化しのきかない罪をせおいこむこと。問いをかさねて自分を問いつめた時間が無意味だったなどと、はたして誰に言えようか。

「恋愛は美しい誤解だと私はかいたことがある。社会そのものが誤解の上に成立している。理解したような顔をした誤解の上に……」

二十代の亀井勝一郎が、いき迷った歳月のなかで、たえず嚙みしめていた反語だろう。「理解したような誤解」のなかで、若さは飢えている。食にも性にも、むろん愛にも。そして愛もまた「理解したような誤解」の実例見本だとすると、自分のよりどころをどこに見つければいい？

「孤独を恐れるな、愛の深さはそれによって保たれるのだから」

最終の行に置かれた言葉だが、ほかにどのような言い方があるだろう。

「現代は軽信の時代だ。たとえばごく簡単な言葉、というよりは『レッテル』を人にはりつけて、その人を割りきってしまう場合がよくある」

戦時中は「国賊」だった。戦後は「変節」そして「反動」。レッテル張りに対抗するのに、ここでは「精神衛生学」という言葉が使われている。かくべつむずかしいことではなく、日常おちこみやすい危険に対して精神の健康を保つ方法。

亀井勝一郎の『青春論』は、四十代に書かれ、五十歳になる年にまとめられた。著者は、「後記」に、多少とも奇妙なことを述べている。青春にかこつけて「それは青年に教えるというよりは、私自身の過去の青春をたしかめる」のを主眼としたというのだ。さらに「自分のうちの青春の連続をもたしかめてみたかった」。べつにレトリックではないだろう。その「青春論」は一つの遠い終わりであるとともに、いま一つの新しい始まりだった。いわば残酷で、かぎりなくやさしい中年の甦りの物語。

そうやって一つの区切りをつけたように亀井勝一郎は数年の準備ののち、「日本人の精神史研究」の連載を始めた。感慨めいたことは一切おさえ、時代の資料にきびしく限り、清潔で、即物的な記述を通して、過去の日本人の精神史をたどっていった。夢にいそしむようにつづけられた文学者による特異な歴史書は、四巻分を書きあげてのち、作者の急逝によって未完に終わった。

（ドイツ文学者・エッセイスト）

本文中、今日の人権擁護の見地に照らして不適切と思われる語句や表現がありますが、作品発表当時の社会的背景に鑑み、旧版のままとしました。

青春論《せいしゅんろん》

亀井勝一郎《かめいかついちろう》

昭和37年 11月20日　初版発行
令和6年 12月15日　改版6版発行

発行者●山下直久

発行●株式会社KADOKAWA
〒102-8177　東京都千代田区富士見2-13-3
電話　0570-002-301（ナビダイヤル）

角川文庫 18683

印刷所●株式会社KADOKAWA
製本所●株式会社KADOKAWA

表紙画●和田三造

●お問い合わせ
https://www.kadokawa.co.jp/（「お問い合わせ」へお進みください）
※内容によっては、お答えできない場合があります。
※サポートは日本国内のみとさせていただきます。
※Japanese text only

ISBN978-4-04-409467-6　C0195